莲河听风

吴小芸 著

团结出版社

图书在版编目（CIP）数据

莲河听风 / 吴小芸著. -- 北京 ： 团结出版社，
2023.12

（且持梦笔书其景 / 林目清主编）

ISBN 978-7-5234-0762-2

Ⅰ. ①莲… Ⅱ. ①吴… Ⅲ. ①散文集－中国－当代
Ⅳ. ①I267

中国国家版本馆CIP数据核字(2023)第252481号

出　　版	团结出版社	
	（北京市东城区东皇城根南街84号　邮编：100006）	
电　　话	（010）65228880　65244790	
网　　址	http://www.tjpress.com	
E-mail	65244790@163.com	
经　　销	全国新华书店	
印　　刷	成都市兴雅致印务有限责任公司	
开　　本	145mm×210mm　　1/32	
印　　张	68	
字　　数	1700千字	
版　　次	2024年4月第1版	
印　　次	2024年4月第1次印刷	
书　　号	978-7-5234-0762-2	
定　　价	398.00元（全9册）	

序

始于足下的远方

在很多人看来，写作原本是文学家们才干的事情。而能够称之为作家的人，不是学富五车的先生，便是文思泉涌的大才。文字对于普通人的意义，说高了是一种公开场合的应酬和交流，说低了就是一种有关个人心情和经历的私密记录。这种文字一般很难成书，即便编印成册，也只能压在箱底，很少被人提及和传送，"为天地立心，为生民立命，为往圣继绝学，为万世开太平。"（北宋张载《横渠语录》）多高的要求和标准，不要说一般人，即便是那些自以为肚子里有点墨水的饱学之士，也是要望而却步的。

幸运的是，我们大家赶上了一个好的时代，一个人人识字看书写作发表的时代。微博、公众号、各种直播平台俯拾皆是，只要你能写并且敢于发表，你就是一个作者。但这并不意味着，能在键盘上拨拉点文字的人就是作家。一个人写作的价值和意义，在很大程度上，是相对于作者的文学造诣和作品的社会影响而言的。普通作者的写作，除了文字上的普通之外，其实还需要很多写作必备的条件，比如在自然科学和生命科学方面的专业修养，比如在音乐艺术和绘画艺术方面的特长。在文学同质化严重的今天，这种具有专业特色和生活体验的书写，往往会产生令读者们意想不到的写作价值。

喜欢写作的吴小芸是基层乡镇的一名党政干部！在热爱文学的同时，也非常热衷于书法和绘画的学习，并且在圈子里小有名气，但她似乎一点也不满足这种以线条和色彩为主的自我呈现方式。在此之前，她也是一个不折不扣的文青。

其实，最先引起我注意的是她在宁县春荣王台村驻村时的日记。男女老少，三姑六舅，家长里短，衣食住行，喜怒哀乐，逮着谁写谁，遇到啥写啥。去邻居大婶家吃个搅团，帮留守家庭收拾卫生，给孩子们添置衣服，解决邻居之间的纠纷。不管是看到的，听到的，想到的，她都能让其变成自己笔下的文字。这样的文字，不光她写着觉得很有感觉，我们看的人也觉得有趣味。这种不讲章法、没有明显的表达目的的自由式写作，不仅让我们看到了乡村生活的真相，也让我们看到了一个青年干部的思想品质和责任担当。当然，她的这些想法和认识，她的这种写作的灵感和自觉，不是她踏上王台村土地的那一刻产生的，也不是她担任了村党支部第一书记之后才学会的，而是源于她对生活的热爱和对文字的向往。

"记得那天弹奏完生日快乐歌之后，我又拿起笔用篆书、行书和楷书为自己写下了一首词。写到某个顿笔的时候，却总觉得不够意思。反复写了几遍仍是不对，只好搁下笔来。望着眼前的砚台，我愣怔许久，不知这困顿从何而起。后来远望着窗外，直到黄昏彩霞飞舞的时候，我在那样炫目的天色里，终于得到一些要领。"（《人生就像翻书》）一个写作者对文字书写的顿悟，何尝不是对周围世界的观察和写作灵感的捕捉。而追根究底，这种观察和思考，其实源于写作者对生活的态度。因为爱，偏远封闭的乡村和单调重复的工作才充满了诗意；因为爱，才缩小了干部和群众之间的距离，消除了人与人之间的隔阂。

一个人的写作灵感不是凭空产生的，除了生活的积累之外，更多的是对描述对象的直观的观察，以及在此基础上展开的联想和想象，"他的手也同其他手艺人一样，因风吹日晒而常年裂着小口子，口子的缝隙渗进了洗不掉的黑灰。老白的脸也是黄土高原上特有的古铜色，额头上皱纹一层摞着一层，眯缝着的小眼睛尚且能看见眸子的深黑。"（《鞋匠老白的读书梦》）修鞋匠的职业特性，黄土高原的气候特点，中年男人的身体特征，形成了作者对描述对象的认知，也获得了读者对书写的认同。

不同的描述对象，因为感知方式的不同，也会呈现出不同的表达效果，"我捧着鞋细细瞧着，尖尖的鞋头，胖乎乎红碎花芯绒的鞋面，白底红条纹的鞋里，很是漂亮。可鞋子上密密麻麻的针脚，却不似从前那般整齐了，鞋子也比我的脚大出了一些。母亲很是自责，嘴里喃喃道，上了年纪就是不中用了。"（《母亲的棉窝窝》）如果没有穿窝窝头棉鞋的经历，没有对母亲付出的体会，没有母女之间的亲情，很难写出这样的感受。

对于一个真正的写作者来说，艺术的真实必须超越生活的真实，才能给读者以美的感受和心灵的体悟。而艺术的真实，除了睿智的观察、细腻的描写之外，还要借助于合理的想象和思想深度的开掘，"忽然窗外月色朦胧，我疑惑着睁大眼睛探身去看，却发现月亮摇晃起来了，梨花也飞舞起来了，这才知道自己已是独醉微醺。我轻轻放下杯盏，此时惊讶地瞧见最后一口酒里，正飘着一朵白皙的梨花瓣。"（《梨花月》）梨花、月光和酒，既是客观的存在，也是诗意的幻想，是观察客体与想象主体的柔和和统一。把具体的东西虚化，把虚无的东西写真。这种陌生化的处理方式，不是作者在刻意地绕弯子和捉迷藏，而是为了避免同质化写作采取的一种写作方式。

吴小芸散文的亮点，在日常生活的观察和对人生冷暖的体验中，也在细致精微的书写和人生哲学的反思中，更在文字的聚合和形象的塑造之中，"每个人都有苦难，每个人都在熬，落在身上的雪是拂不去的，只有找来炉火将它熬败熬干，最终才能逆境翻身走出困难，那便是人生的赢家。"（《一炉雪》）如果缺少了对大自然的热爱，缺少了对亲人们的痴爱，缺少了对是非观念的判断，就不会产生这样接地气的文字。在碎片化知识、鸡汤性文字充斥的当下，吴小芸的文字就像她笔下所描写的纯情山水和绿色植物，传达给人的感觉是清新的，也是自然的。

当然，优秀的文学作品，不仅要能够留下成长的点滴，记下生活的细碎，更要记录精神的发育，捕捉灵魂的光点；不仅要给人展示生活的场景，更要让人看到尘世的烟火，体味到人生的冷暖和生命的丰富性。单就文字的呈现方式而言，她笔下所呈现的文字，在视觉的表现上还是有些单一，观察角度和观察视野，还不是那么的周全和多元。她的文字的表述方式，还可以通过个性化的描述更为具体细致一些，比如方言的植入和引用，意象的放大和伸缩，时态的回溯和穿越，还可以更加宽松和灵活一些。

如果说，丰富多彩的生活，是写作者取之不尽的矿藏，持之以恒的热爱，是不断提升自己的动力，那么，锲而不舍的探索和觉悟，则是打开艺术之门的钥匙。写作不仅体现的是作者对语言文字的驾驭能力，更是一个人文化和思想修为的展现。好的文字，不仅需要在写作的过程中反复斟酌，还要在生活中不断地沉淀和积累，在精神上不断地修行和觉悟。因为，写作最终所要体现的，不仅是文化艺术的高度，更是思想和灵魂的境界。

是为序。

付兴奎

2023年5月12日

作者简介：

付兴奎，中国作协会员、甘肃省作协理事、庆阳市作协主席。著作有《城乡纪事》《与清风对坐》《吾乡吾土》《流年》《纸上的村庄》等。获甘肃省黄河文学奖、《华文月刊》首届世界华文奖、第二十三届北方优秀图书奖。

目录

C O N T E N T S

万物有灵

风味人间

万物有灵

春雨也有情绪

过了惊蛰，春雨便淋漓起来，有些雨落得轻快，叫人欢喜；有些雨绵密，看起来寂寞哀婉。春雨也有情绪，诗人词人们是最早发现的。

宋代诗人杨万里的《喜雨》，道尽了春天万物复苏的喜悦景象，这场雨无疑是最惬意快乐的。"欲知一雨惬群情，听取溪流动地声"，欢快的春雨也让万物欣喜，不信你听，那河水流动的声音震天响。"风乱万畴青锦褥，云摩千嶂翠瑶屏"，春风吹过，万亩禾苗如绿浪般翻滚；云峰叠翠，群山像千座玉屏一样壮观。"岁岁只愁炊与酿，今愁无甑更无瓶"，诗的最后两句写人，人们年年都为没粮做饭和酿酒而愁苦，而今年春雨骀荡，庄稼收成一定好，恐怕要愁的是没有更多的炊具煮饭、没有更多的酒瓶酿酒庆贺了吧。

最善解人意的雨，大概莫过于唐代诗人杜甫笔下的《春夜喜雨》中的雨了。你看，"好雨知时节，当春乃发生"，聪慧的雨是知道时节的，一到春天，就淅淅沥沥地下了起来。庄稼人都知道，春有及时雨，秋才有好收成。记得有一年，开春雨水少，那时人工灌溉还比较落后。母亲天天叹气，父亲在田间一遍遍查看秧苗长势，都生怕雨少影响了农作物生长。好在不过几日，雨像迟到的学生一样飞奔而来，连下几天，父母的心情也跟着好转。

还有的雨是充满离别气息的，比如王维的这句"渭城朝雨浥轻尘，客舍青青柳色新"。清早起来，渭城下起了丝丝缕缕的细雨，这雨叫地上的泥土湿润了，叫客栈旁的新柳枝叶也翠嫩一新。春光正好，雨色清新，而诗人在这样的春雨里正送着挚友。自此一别，再一同赏春景便不知是什么时候了。记得毕业走入工作岗位的第三年，我和一些同窗们也曾在春日里相聚。一群人笑着闹着，临散场时，原本晴朗的天空落起了雨，我们在雨里继续欢歌，而后告别。后来再回想起被雨打湿了眼睛的时候，或许还有什么情绪也随之涌流出来。

大文学家欧阳修的《田家》，写出了春雨的闲适。"林外鸣鸠春雨歇，屋头初日杏花繁"，从鸠鸣雨歇写到日上花繁。江南的春天常常下夜雨，早起斑鸠在林外轻声叫着，而雨稍作歇息。这时太阳升起来，墙头的杏花经过雨水的浸润，盛开得更加灿烂。一个"歇"字，一个"繁"字，极妙地展示了乡村人家因春雨而呈现出的洁净、清新之感，野趣十足。

除此之外，还有的雨豪放大气，比如王维诗里的"云里帝城双凤阙，雨中春树万人家"，在他笔下，春雨宏大了起来；春雨有时也有苦闷情绪，像李商隐《春雨》里的"红楼隔雨相望冷，珠箔飘灯独自归"，还有韦应物《滁州西涧》里的名句"春潮带雨晚来急，野渡无人舟自横"，都将雨的落寞和自己的忧愁结合起来，堪称一绝。

春正好，出去走走吧，看看今天的雨是什么心情。

陌上花开　可缓缓归矣

　　还未来得及细细品味"村南无限桃花发，唯我多情独自来"的
惬意，四月的大地已接近暮春，枝头的春意在桃花凋落、梨花带雨
中平添了几份暗淡。就在为未能窥见"桃红复含宿雨，柳绿更带朝
烟"而遗憾时，却与苹果花这场盛大花宴撞了个满怀！

　　四月的春风悄悄拂过田间，一朝风动，百里花开！四月苹果花
海，春色一点也不晚。比起桃花的热烈，苹果花显出几分清冷。远
远望去，苍穹之下，是花的世界。排排翠绿的叶子之间缀满了一簇
簇的苹果花，仿佛千亩绿色锦缎上绣满了素净雅致的白花，静谧地
绽放在村庄的田野之中。薄雾笼罩，似乎蒙上了一层神秘的面纱。
走近细看，她们三三两两簇拥在一起，相互依偎，绽放的花朵白中
透着淡粉，似一位娇羞的女子遇到陌生人不由自主红了脸颊，显出
别样的情致来！露水沾在柔滑的花瓣边沿，在阳光的照射下眉眼含

情带笑，裙摆摇曳，撑起了即将远去的春天！在蓝如水洗过的天空下熠熠生辉，相得益彰！抬手轻抚那一朵朵娇嫩，低头浅嗅那一缕缕清香，令人惬意且欲罢不能。

苹果花开十里景，花间蝶舞蜜蜂忙。清风吹拂花潮涌，飘香醉人清冽香。在苹果花海里踏春畅游，感受着这份古朴而醇厚的田园之美，有种"何须玄道引笔墨，我自听风入画中"的意味，无须画卷三千丈，这淡雅花儿就可以将春色再一次渲染得如此动人，亦能让人将远接万里春的盛世之景尽收眼底！清风拂面，香气在空气中弥漫，引来蜜蜂无数次的亲吻，许下无限爱恋！

春是桃花的绚烂，是苹果花的雅致！苹果花扮靓了最美田间，绽放出了"最美经济"，不仅让村子变美，更让经济变强。走进花海，伸开双手，与大地相拥，感受微风轻轻吹过耳畔，花香浸入鼻息。此时我不只是一个过客，亦是画中人，漫过花海，我如痴如醉，我似癫若狂，似走过一段多情的岁月。花不醉人人自醉，回眸翠色苍野，陶醉在微风花香之中，这场花宴，给人一种心灵和视觉的震撼，让人感受到来自内心深处蓬勃向上的力量，让人充满对生活的热烈追求和对风调雨顺的深切向往。春天有约，这场没有错过的花事，赏花开似锦！让人心生欢喜，情深念远！陌上苹果花开，我们不妨慢慢赏，缓缓归……

爱莲小记

端午前后，池里的莲花就陆续开了。

记得我才来这个村子时，和老支书种下了一池莲花，等莲叶浮出水面的时候，我新鲜喜欢得不行，时时要去查看荷叶长了多少，荷花露头了没有。等了足足一年，到第二年端午前后，荷花才终于开了一大片，直开到十月间才逐渐衰败。今年盛夏，这池莲花再次盛放，挤挤挨挨的竟比去年开得花还要多。我也即将和它们告别。

对莲花的喜爱，最初源自周敦颐的《爱莲说》，"出淤泥而不染，濯清涟而不妖，中通外直，不蔓不枝"，这几句话叫我馋念至今。莲花看来太纯粹质节了，有如高山上志存高远的隐士，或者山篱旁悠然淡泊的雅士，让人仰慕且生敬畏。故而如今我得遇这池莲花，满心期盼，只等着哪个燥热的夏日能一睹它们的芳容。

莲花开的时候，我约莫是第一个知道的。

　　记得那天是拂晓，太阳刚刚露出大半个，我在村民们早起忙于劳作的大嗓门中醒来，像往常一样去莲池边上散步。没想到竟看到星星点点的花苞崭露头角，当时激动得趴在池子旁边看了好大一会儿。村民们虽起得比我早，但他们既要劳作，莲花的开与不开似乎与他们没有多大关系，也没有我这样的欢喜。

　　薄雾在逐渐升起的太阳光里缓缓散去，而袅袅炊烟也在澄澈的云层里飘远，它们像是约好了一样，让这池莲花清晰明朗地出现在我的视野里。清晨的莲花似乎不堪鸟雀的啾鸣，伸着懒腰逐渐醒来，慵懒地随着晨风摆动身体，不时抖落几滴晶莹的露珠。太阳全现时，一束光落在莲花身上，它终于轻轻张开花瓣，大方展示着自己曼妙的身姿。一朵莲花开了，又一朵莲花开了，我目不转睛地看着它们，似乎听到空中如烟花绽放的盛大声音，在欢喜着这一池难得一见的莲花。它们有的洁白无瑕，看起来矜娇高冷；有的粉妆玉琢，如少女般迎风吐艳，叫人挪不开眼睛。不过片刻，这一片天地暗香涌动，我轻轻嗅着，果真是莲花们特有的干净清雅的香气。它们的香气并不浓郁，盛放的姿态也并不热烈，可偏偏让人像丢了神一样，愣怔在池边。这时什么东西倏地一动，我探出身子去瞧，原来莲花池里还有一池幼鱼和青蛙，在莲叶间穿梭游动。在青蛙和鱼儿的碰撞下，莲花仍是淡淡的，只是偶尔左右摇动着，不恼也不高傲。这幅场景让我想起了"莲叶何田田，鱼戏莲叶间"这句诗，很好地描绘出了夏日鱼戏莲花图，让人凭空生出夏日的清凉。

　　我直起身子远望，人们的身影仍在田间忙碌。而我突想，这池莲花多像他们的孩子啊。"大儿锄豆溪东，中儿正织鸡笼。最喜小儿亡赖，溪头卧剥莲蓬"，大人们忙于农事，小孩子们无忧无虑地长大，他们彼此相倚着构成乡村宁静美好的景象。莲花也像人们的精神守护者，它静静生长着，为人们鼓劲，为人们守望长久的幸福安宁。

那天趁黄昏未别，我又去看了一眼莲花。这时的莲池依旧清冷，但终究也是倦了，悄悄合拢了花苞。而鱼儿们也乖巧起来，不再欢蹦乱跳，生怕打扰了这美丽的仙子。夜幕渐来，月亮若隐若现，月光洒满池水，莲花们身上也浮现出淡淡的月光，越发显得清绝。旁的什么花儿在月色下总魅惑，可莲花却不，始终是这般清冷，纵使沾染了春风，沾染了月光，它也不为此失去自己的本色。莲花是人间独醒客，它不为月光而增色，也不为鱼儿的惊扰而烦躁，更不因夏日的炽热而委顿，它只做它自己，保持自己的姿态。

《世说新语·品藻》里有句话是"我与我周旋久，宁做我"，说的便是如莲花一样的人。在广袤又充满风雨的人间，无畏荆途，无惧寒山，该盛放便盛放，该静寂就静寂，不因外界的影响而改变自我，也不因风雨顺遂而失去自我，莲花一样的人就是如此，万物百般里只做自己。做自己太重要了，欢乐、悲伤都只为自己，可同样的，这些情绪也并不会长存体内，随风而散然后再继续淡然处世，我想这就是精神强大的意义所在。

此刻我望着莲花，突然发现它的身旁落满了星星，抬起头才发现已是深夜了，而我丝毫未注意到夏雨都渐渐来了。后来结束了驻村的日子，我忙于工作未再回去赏莲，可我不再期待也不为此遗憾了，因我早把这一池莲影亭亭深记在心了。

心田上的油菜花

在我看来，油菜花是最具有治愈意义的春景。它广袤，极目的鹅黄、苍黄触不到头，远接朦胧的炊烟青白，上接裹着暖白色云朵的碧海蓝天，构成极宁静致远的暖色调画卷。它也纯粹，画轴上左不过黄、蓝、白各半，谁也不争抢谁的姿色，谁都算是焦点。在这样春风拂动的花野里，人若置于其间，也不过是渺茫一粒。它还代表着情感的凝结，与花共生，与万野同呼吸，徜徉在油菜花海里，是数不尽的自在和悠然，似乎万般烦扰都被稀释和消弭了。正像是挚友相伴，一路或许情绪零碎，但最终归于平静和诚挚。

在田园综艺《向往的生活》里，油菜花也有着同样的意思。一座村院，几亩油菜花田，三四好友日出而作、日午而食、日落而憩，闲歇时在田野高歌，说不出的畅快惬意。与油菜花对歌前，每人多多少少有自己的故事和忧愁，然而满目金黄摇荡时，大家从彼此的歌声里听到的只有陪伴。陪伴的力量是无穷的，它默默又低调，却能帮人走出低谷或焦虑。

我向来不为人生的不如意而沮丧，是人便有千万愁绪，那就没什么可为之悲戚的。承认山路不平，然后大踏步走过它，总有开满花的转弯处。只是在此期间，要学会寻找花、发现美好，还要懂得寻求帮助、与人同行。有些路一个人难走，若得思想同频的人为伴，便可在对方的品行里有所感悟，久而久之也能淡然处世了。曾经为修身养性，也认识些练习书法和文章习作的朋友，确实令我受益不少。记得有年外出采风，也是这样油菜花漫山的时节，大家彼此谈笑，借春风黄花作诗吟句，心间的不快果真慢慢散去了。还记得那天近黄昏，天边的晚霞橙赤裹挟着漫野的油菜花黄，触目里是铺天盖地的温柔，也是无边无际的霸气，萦绕心头的万种思绪早被这花海逐一瓦解。后来我再坚定上路时，浑身充满了力量，我知道这是油菜花的广袤和纯粹带给我的精神源泉，也是挚友并舟行山给予我的人生大悟。

《林徽因传》里有句话是，真正的平静，不是远离喧嚣，而是在心里修篱种菊。自那以后，这场日落下的油菜花长满我的心山。再遇事时，我先是棱角向外，再而向内挖掘曾经存储下的风景，将它反复回味，以此增生我抵御消极的能量。

今年偶有机会再去游赏油菜花田，又有了新的体悟。油菜花海是充满治愈意义的，单个的油菜花朵其实是热烈的。若仔细观瞻，它细长的颈上是高昂着的小花，看似盈盈一握，却在风的吹动下恣意起舞，并不轻易折腰。它曼妙又高傲，像是高山上的隐士，静默又雅致地走完一生。21天花期到，油菜花垂垂老矣，却依然能优雅着告别，并不生出一点遗憾。

我再极目远眺，终于看见油菜花海的那一边，竟是依然如此，像是镜中之我的对望，也像是回望过去的一场梦，苦尽甘来。

梨花月

　　三月桃花四月梨，民间还有"桃花败，梨花开"一说。四月的春天，千亩梨园的梨树们满满当当开遍了花，引得不少人前去赏玩。也预示着春天已经大大方方地敞开了胸怀。

　　看见梨花，我总能想到月亮。

　　梨花如月白，白得清纯，白得无暇。有人说，梨花的花瓣是月光做的。梨花没有烟尘气，不娇不媚，清而不冷。更无婀娜的风姿，唯有这如月的花瓣，散发着宁静清幽的香气。尤其此时远远看去，一簇簇的小花们挂在树上延绵成片，恍惚中像是一轮轮明月悬在枝上。而深夜时，真正的月亮升起来时，又会挂在哪棵梨花树上呢？到那时，是梨花白还是月亮白呢？或许难分伯仲吧。

　　小时候很喜欢在春夜里看月，时常幻想着怎么得来一块月亮。猴子们会从水里摘月亮，可我好像只能仰望着月亮。后来爱上赏梨花，童年的梦想似乎得到了弥补。看这一园的梨花，多像月亮分洒撒在人间的月色啊。梨花星星点点，是月亮分洒着月色，送给春天大地的礼物。落尽梨花月又西，等梨花全部败尽，那时歇懒的月亮再重新挂起来，正带着梨花的清香。

去看梨花不用结伴，一个人最好。以黄昏为背景，在一棵梨树下驻足，或是前后左右慢慢地徘徊。这是赏梨花的最佳状态。这样便能看到那白白的花瓣和静静的花蕊在无风的状态下有一点轻微的抖动。那天黄昏临走时，不知地上怎么断落了一小枝梨花，我轻轻拂去上面的一层春泥，将这枝梨花带回了家。我喜欢得不知怎么才好，又是找花瓶，又是收拾窗台，最终把这枝梨花插到了透明的玻璃瓶里，放在了窗台上视野最好的位置。

"和月折梨花"，那天深夜，我终于体会到了这句词中所蕴含的意韵。月亮正探在我的窗外，许是来和梨花争娇颜，我轻轻点着花瓣，像是触到了月色。它们在我的窗下相映成趣，构成了这个春日夜晚最美好的景象。我给自己倒了一杯去年酿下的果酒，想着等春末梨花落尽，一定要酿些梨花酒。到时以月色相称，让梨花初带夜月，酿一盏清冽香长的绝味美酒来。

忽然窗外月色朦胧，我疑惑着睁大眼睛探身去看，却发现月亮摇晃起来了，梨花也飞舞起来了，这才知道自己已是独醉微醺。我轻轻放下杯盏，此时惊讶地瞧见最后一口酒里，正飘着一朵白皙的梨花瓣。我拈起杯子，赶忙一口豪饮下这"梨花酒"，也算提前圆了梨花酿的心愿，也恰好算是月下独饮梨花酒，一半花香一半月光。

时常幻想着退休后弄个茶屋，或是找个带小院的房子，种满梨花啊海棠啊什么的，日日浸淫在月色花色里，该是人间一大快事。"梨花院落溶溶月"，像晏殊那样，满院梨花满院月光，这样的人生想必是没有遗憾的。

　　花终究是要败的，没过两日，这娇嫩的梨花们便全都落尽了。然而我不为此失望难过，我得到过梨花，也在月色下折过花，这就足够了。或许将来我种满院梨花的心愿也并不会实现，但我在这个深夜为梨花月酣醉过就算一段美好回忆了。

　　此刻我用笔封存住梨花带给我的浪漫，也就更无所谓是否能拥有一棵梨花树了。

木棉花开时

　　木棉花开时，我恰好在厦门培训。路两旁木棉树盛放得夺目，苍翠的树枝上尽是红花，叫人几乎看不出衬托着的绿叶。橙红和鲜红的花瓣围裹着鹅黄色花蕊，勾勒出优美的曲线，像一朵朵红云飘浮于云山碧水间。花朵们高昂着头，又像一只只火红的号角仰天而鸣，极尽恣意潇洒。

　　正从树下凝望着走过，突然一朵木棉花从高高的枝头掉落，叫我惊了一跳。啪的一声，它好像陡然坠落的流星，带着几分决绝坠落在地，却依然保持着高傲矜娇的姿态。我弯腰捡起，细细打量着，心头倏尔生出说不清的感慨。它在枝头是明艳高贵的，全力展示着自己的热烈，可跌落在地的木棉花也是如此，并不为花落而沮丧，犹如壮士诀别一般，离开也要盛大壮烈。怪道人说木棉花代表着珍惜眼前、英雄和火红的爱情。无论人生或是爱情，亦是如此，在其位时竭尽盛放，离开时坚决果敢。只要全力以赴，那怎样的离开也都没有遗憾了。

"我必须是你近旁的一株木棉，/作为树的形象和你站在一起。/根，紧握在地下，/叶，相触在云里。"想起舒婷《致橡树》里的木棉，便是被赋予了炽热勇敢的爱。爱是并肩而行，爱是与光同往。在任何形式的爱里，不该有弱者和依附，谁都是坚定独一的自我，这样的爱才更为人称赞，正如不留恋枝头也不担忧离开的木棉花，为自己盛放，这也是爱的终极意义。

木棉花的花语也是英雄。传说一位黎族老英雄落在敌人手中后，被绑在一棵木棉树上拷打，可他宁死不屈，最终被残忍杀害。后来老英雄就化作了木棉花，血染长空。"却是南中春色别，满城都是木棉花"，后来木棉花再开，人们就把木棉树尊为英雄树，把木棉花称作英雄花，并把老英雄当作守护春天的使者。一年复一年，岭南的木棉愈来愈旺盛，像潜藏在山海中的瑰丽瞬间绽放，让这片大地熠熠生辉。木棉花的豪迈、热烈也感染着世世代代的人们，指引着辈辈青年勇往直前。

"几树半天红似染，居人言是木棉花"，此时我再仰望满树木棉红，看红棉怒放，看枝梢红云如瀑，内心更是涌起阵阵激荡。在这棵木棉树下，我似乎看到了千年历史的云涌，像是上了一堂涤荡人心的思政课，眼前已知和未知的层雾被拂散，我才知木棉花开的力量如此强大，让我顿时生出浑身斗志。纵使我暂不知这一腔勇气要用在何处，可我知道，它的精气神会感染我走很长的一段路。

木棉花又掉落几朵，我直起身子，不再去想它们的归处。木棉花落掷地有声，不必以厚土来葬，也不必用流水送别，更不必悲戚戚地惋惜，它落就落，以艳丽的姿态告别，直到永恒。我一直相信，生命的意义，绝不是简单地活下去，一定有什么东西，是我们在这尘世行走的根，用心血灌溉，用光阴磋磨，待机缘恰好，绽放成动人心魄的美好！

何必要在枝头委顿再离开，何必去眷恋逝去的光阴，我想人若是能有木棉一半的洒脱，必会少去许多烦恼。人这一生，上山容易下山难，能毫不眷恋地离开是最难的，或许该多学学木棉花的风骨。

若得木棉风骨一二，我想纵使这一树的花落尽了，但我心里的木棉会花开年年。

孤独的三角枫

第一次知道三角枫，是在左家川，单单就只有一棵。

它在九岘乡的左家川，九龙河的上游。我们一行人一路驱车两个多小时，走到正宁县月明乡附近，才终于见到了这棵三角枫树。

听说它是一棵千年三角枫树，一路上我将它的样子想象了无数种，始终不够具体。光听它的名字，就让人诗意萦怀，满目期待。据说这棵三角枫已经有 1100 年的历史了，因每片叶子都由三个角形组成而得名。这一代属于典型的子午岭林区，三角枫在此极为常见，但是生长千年之久的三角枫唯有这一棵。

从远处看，三角枫的树冠在风中摇曳，像极了开屏的孔雀，挺着它那骄傲的身姿。它整个树冠有 200 平方米，5 个树干形态各异，有的直指云端，有的向下垂帘，恰好形成了一个有弧度的半圆，而下垂的树枝接近地面，好似垂帘围拢，整体看来，很像一位端庄慈祥的母亲。这棵三角枫的树冠和树身加起来有 20 米高，树身得 3 个成年男子才能合抱得过来。

走近了看，它的树皮随着岁月的浸润已经有了厚度，显得尤为沧桑。可它的树身是挺拔粗壮的，让站在树下的人们凭空生出一股敬畏。三角枫比一般树看着还要繁茂，枝叶浓密，浓荫满地，叫人很想在这树下过完整个酷暑。

这时一位老人急急忙忙地赶来，他以为我们是要买这棵树，在我们开口前就直言树不能卖，说这棵三角枫树是他们的根脉。在我们告知他看树的缘由后，老人局促着坐下，告诉我们他叫杜生荣。在同他的攀谈里，我们得知了这个村子的情况。

现在的左家川村有将近 2000 人，由汉民和回民构成，这是我们县唯一有回民的村子。长期以来，他们相互尊重彼此的风俗习惯，越过越好。王秉祥就是这左家川肖台村的人，离此树 3 千米处就是他的墓地。王秉祥为官期间刚正不阿，大公无私，除了给村子集体解决了通电、修路架桥等问题外，还带领村民们发展畜牧、栽种地膜玉米、种植香脂等改善生活，发家致富。

现如今，一部分村民生活富裕后，为了改善生活和居住条件，纷纷离开了村子，村里的人口已越来越少。但留下的村民们都很好地守护着这棵三角枫，故而有了老人初见我们时的那一幕。

在我们眼里，三角枫的四周是断壁残垣，是土块房子的废墟，是孤独又不时髦的，可在老人和剩下的村民眼里，它是他们永远的依靠，是老母亲一样的存在，庇护着他们长长久久。

自有青青柏树翠

　　两棵古柏树生长在村子东面沟畔的塬上，高大挺拔，枝叶繁茂，与其遥遥相望的另一棵柏树生长在沟里——这个村子就因这 3 棵古柏树而得名，曰柏树底村。

　　第一眼看到塬边的两棵千年古柏傲然挺立，笔直的树干似要直冲云霄，便想到了一首诗："有柏生崇冈，童童状车盖。偃蹇龙虎姿，主当风云会。"这两棵柏树树干粗壮色如青铜，裸露树根霜皮如石头，树身需 3 个成人方能合抱，树高达 25 米左右，树冠枝叶茂密且苍翠，很像一个饱经沧桑、阅历世味的老人，在沧桑中透着蓬勃的生命力。

　　我们一行人站在米桥镇沟壑纵横的塬边，默默敬望古树。秋风猎猎，古柏树守望的这一方土地上的千年风云从辽阔的天边缓缓聚拢而来。

据说很久以前，柏树底村叫吉家堡子，它没有现在阔大，人家也没现在多。村子里以吉姓人家为主，另有少量付姓人家。同治年间的战乱让米桥这个大粮仓成了满目疮痍的战场，吉家堡子也同样未能幸免于难，死伤无数，幸存者寥寥可数。战乱平息后，其他地方的许多老百姓迁移而来，村子里的姓也变得杂了起来，除了吉姓、付姓，还有了刘姓和何姓，村名此后也改为了柏树底村。随着新中国的成立，村民们的生活发生了翻天覆地的变化，生在新中国长在红旗下的柏树底村村民们为了感恩，又把柏树底村改为红星村，他们的企盼一如歌里所唱的：闪闪红星照万代。

两棵古树的后面是几间破败的似房子又似箍窑的小庙，听村人说这个庙里原先供着比干和关羽的塑像，被称为文武庙。后来这座残破的庙成了吉家祠堂，如今，墙面上"向雷锋同志学习"的标语依然清晰可见。我们可以将时光上溯到唐朝，那时候西来的佛教影响了米桥的老庙、可钦、常邑、龙湾、柏树底等一些地方，柏树底遗留下来的庙宇就是当年佛教西传且香火旺盛的见证。走进这几间打扫得干干净净的房间，用砖砌的小墩子上仍然供着破损的佛像和供品，可见人们对神灵及英雄人物的敬畏一直没有变过。

又相传，曾经一位风脉先生说栽种柏树可以为村子遮风挡雨，集聚风脉，于是吉姓和付姓两姓人家的长辈就商量着将这两棵柏树栽种在了一起，以保佑他们的子孙后代兴旺发达。后来这两姓人家的后代因为一些小事情有了矛盾，并且引起了一场争斗。在打斗的过程中付姓人家因人少吃了亏，他们就想了一个办法对付吉姓人家：族里的长辈说只要将吉家的那一棵风脉树的树根斩断，就可以让吉姓人家受到应有的惩罚。不曾想计划还未实施，付姓一家人的小孩不慎跌入涝池，被吉姓人家所救，吉姓人家说，大人之间打斗，孩子是无辜的。因为这件事，付姓人家心存愧疚和悔意，也就打消了斩断对方风脉树树根的念头，两姓人重新和好。从此这两棵树就相互守望着吉姓和付姓人的子子孙孙，自此就是千年……

"阵图——柏树在，自有青青柏树翠。"几棵种子落地生根在柏树底村，因两棵古树，从生命的源头开始起步，做着希望的种子，肩负着村人的期盼和愿望，有了人们所说的灵气，枝枝相覆盖，叶叶相交通，枝繁叶茂，经冬不凋，静静地在风里、雨里，一年又一年地守望着柏树底村子里的村民繁衍生息，生生不息！

岭西有棵黑弹树

百年黑弹树，枝繁叶茂于子午岭西麓的盘克塬潘村南端塬畔沟边。此时，我和一群古树名木爱好者正将它欣赏。我们找的当地向导老潘，在跟我们絮叨它传奇的前世今生。

老潘说，林业专家如不给它做鉴定，附近的人们一直拿它当檀树待的！它的皮和枝叶与檀树酷似，让人很难将它和檀树分辨开。南北绵延400多千米的广袤子午岭，稀罕黑弹树，而非檀树。林业专家讲，黑弹树除了种子与檀树差异较明显外，再就是叶子。黑弹树叶子的锯齿形边缘缺檀树的整齐，别的与檀树没有二致。黑弹树也叫小叶朴树、黑弹朴树，是以果实色墨又坚硬似弹丸而得名。它喜光，耐阴，耐寒，耐旱，抗风，抗烟尘，抗污染，适生于红土地；根扎得深，萌蘖力也强；生长缓慢如柏，寿命堪与柏媲美，是我国辽宁南部和西部、华北、长江流域、西南各地的常见树，多生路沟、山坡、灌木丛或林边。它在子午岭疏松碱性黄土地上生长，没有文献记载，是个传奇。

老潘一番絮叨之后，又向我们炫耀：如今他们这棵黑弹树，已属子午岭的一道奇景！他见我望着个儿足有两层楼之高、身子满有一怀抱粗的黑弹树沉思，便问："你是不是在琢磨这儿咋会有棵黑弹树？"我向他"嗯"过一声，他又絮叨这黑弹树的起根发苗。

清咸丰年间，谋避战乱，一个叫胡康的巴蜀乡民，怀揣故乡祖宗祠堂前一捧红土，和妻子各背内装破烂衣物的竹背篓，带着瘦骨嶙峋的年迈父母、面无血色的一双瘦弱儿女，蹒跚着步履，离开故园，一路乞讨到了相对稳定的盘克塬。他们在盘克塬转悠了大半天，最后转悠到了潘村。潘村是个有着百十户人家的大村子，胡康观过潘村形貌，打定主意落户潘村。胡康在今天这棵黑弹树之在的塬畔，修了座崖庄院土窑屋宅子，安了家。那时的庆阳乡人，谋防匪盗打劫，有钱人家住村里的土堡，穷人家住村里塬畔沟边的崖庄院土窑屋。属外来贫困户的胡康家，靠租务村里胡家堡里的一户胡姓财东家的10亩薄地过活。

落户翌年秋里，胡康正和家人在自家打谷场挥连枷捶谷子，忽然响起了"快往堡里跑，土匪顺沟路上塬哩"的报警声。是胡家堡堡门楼上放哨堡丁在向堡外塬面上收割打碾庄稼的乡亲们报讯。胡康扔掉连枷，抓起挂在场畔树梢的外衣，随家人撒腿就往胡家堡里跑。因他抓外衣抓得急，将衣兜里手绢包的那捧红土甩落在了打谷场畔。混合着祖先血汗、乡愁气息和故园黑弹树树籽的那捧红土，被来春一场雨淋透，土里那粒黑弹树籽，先在红土里生根发芽，后根须穿过红土扎入黄土。孤单小苗，倔强生长，几年晃过，竟出息成了一棵个儿端正的黑弹树。

黑弹树身子长到檩条粗时，人们发现其叶子的颜色和从前的两样了，以为它是一棵灵奇之树，后又把它的灵奇张扬到了一位老郎中的耳里。老郎中细细端详过，说这叶子是味叫桑寄生的中药材，有补肝肾、强筋骨、除风湿、通经络、益血、安胎的功效，能治腰膝酸痛、筋骨痿弱、偏枯、脚气、风寒湿痹、胎漏血崩、产后乳汁不下、久咳、舌纵、眩晕等病。乡人便视之为天赐宝树，一代接一代，精心管护，竟管护成了现在的一道奇特景致。

石窗古槐

　　远远望去，这棵古槐像极了披红挂彩的新郎官，意气风发。

　　它粗壮的树干上挂满了红灯笼，以及红色的丝绸面。时间久了，这绸布被晒成了一缕缕梭条，在树上随风摇摆。抬头仰望树冠，是那么的茂盛，那么的苍翠。阳光透过密叶，斑驳地落在地上，叫整棵树也散发着星星点点的光。整体看来，古槐树已不甚年轻了，好多枝干已经老化，可这些丝毫不影响它旺盛地生长着。它像城墙上永不败落的将军，凭借这身坚硬的铠甲，纵横天地。

　　这就是春荣镇新庄村著名的古槐树，石窗古槐。

　　据村里的老人讲，古槐正对着的寺庙安装有石门石窗，而村子里的人全部姓卢，故而这个村子被称为石窗卢家村，这棵树也便被叫作石窗古槐。这几年春荣镇外出做生意的人很多，但生意做得好的，还得是石窗卢家村民，因此这棵老槐树也是他们的风脉树。得了古槐树庇佑的卢家子孙们，也用心地供奉着古槐。

石窗古槐久久伫立在这片土地上，已走过了半个多世纪。2014年，卢氏子孙们为这棵老槐树树碑立传。碑的正面镌刻着"石窗古槐"4个大字，两边是"栉风沐雨阅尽人间春秋，仰天俯地荫及卢氏子孙"对联，碑的后面详细记载了石窗古槐的历史。半个世纪前，石窗尚存巨槐5株，其一蘖生9株幼槐，人称"槐抱九子"。动荡年代，4株遭伐毁，这是幸存的1棵槐树，它身高6米，通顶15.6米，且树上长桑树、花椒树各1株，伴生枝杈之间。古槐经历过衰败时期，由于历年久远，水土流失，塬畔塌陷，致使它硕大根系网结盘构，裸露悬空。所幸得同宗什社族人卢占钧鼎力资助，投工人数百人，填土万方，厚基固本，才使得枝叶日益繁荣。

自此，每逢春节、二月二药王庙会，卢氏子孙们都会绾红挂灯，焚香祭奠。更有正宁、宁县、西峰等地信民远道而来，求子还愿，祈求平安幸福。

这也就是为什么古槐树披红挂彩的缘故。

此时走近了再看，它散开的枝干极力伸展着，引来各路鸟雀们。主枝干的分叉处，长着小枸杞树、小桑树、小花椒树，还有像灵芝一样的木耳。站在巨大的树冠底下，好似在一个树屋里，被它环绕着。而这棵古槐树正如一个母亲，伸长了翅膀，等着它远行的鸟儿回巢，也极力提供着养分，让它身上的小树苗们得以生长。

站在这棵老树下，仰望它既经风霜又有新的生命力的枝叶以及依托于它的不同种类的小树，使你真正体会到一棵树的博大坚忍。而当你使劲想要抱住它时，才感觉它的粗壮是那么的令你力不从心。又或者说更像一位顽皮的老头经历风雨沧桑，看透世间的一切磨难之后的云淡风轻。

正如歌词中所写："门前老树长新芽，院里枯木又开花，半生存了好多话，藏进了满头白发，时间都去哪儿了？"时间就在这棵老槐树粗糙的纹理里，时间就在一茬一茬的枯枝新芽里，时间就在人们对它的仰望凝视里……

听卢氏后人们自豪地讲完关于古槐的过往，我感觉这古槐树像新郎官，带给人们喜庆福彩；也像威武的将军，保护这一方水土；同时它还像一个老母亲，呵护着这一方的百姓们。

一方水土养一方人，这石窗古槐，便凭借本事庇佑了一方百姓。

千年老榆树

老榆树真的很老了，老到已经超过 1000 千岁了。

在金村乡老庄村后面的山台畔，有 1 棵据说生长了 1000 年的老榆树，趁着天气好，我们前去拜它。

老榆树孤独又高傲地挺立着，在一片废弃的土块房屋旁边。闻着不知名的野花淡淡的清香，看着草丛蝴蝶飞来飞去，听着小鸟的啾啾鸣叫，更有那性情焦躁的蝉儿在"知了、知了"地不停表白，这一刻给人的感觉就像是来到了世外桃源。但高温的天气下，羊粪豆弥漫着呛人的味道，头顶明晃晃的日头将四周的一切在蒸腾的热气中扭曲，飘摇着，仿佛一切随时都会被融化掉，这样的事实又告诉我们来的地方并非是世外桃源，而是一个被村民所遗弃的村子。我们就是为这一棵老榆树而来。同它对比，其余的一切都是有生机、活泼的，唯有它，安静又庄严，像是在静静等着老去。

　　它冠幅向外延伸大概 6 米，将近 200 平方米的树冠荫盖了半个台畔，树身高达 9 米，连树冠约 25 米左右，树身需 3 个成年男人才能合抱过来。然而它疙疙瘩瘩的树皮上布满了裂纹，斑驳嶙峋。老榆树的枝干直指苍天，树粗却不壮，因为树身接地的地方已经空了，腐烂成一个大洞。头若是从洞里伸进去，抬头就能从树身上面的一些的洞里看到远处的山。就是这样一棵巨大的繁茂的老榆树，如今却渐渐衰老了。它像一位风烛残年的老人，颤颤巍巍，千疮百孔，在无人问津的天地里如油灯慢慢枯竭。

　　我抬头沉默着看向它，突然一种人到暮年的悲哀涌上心头。我为它感到难过，也为这历史的转瞬而逝心生落寞。

　　1000 年啊，老榆树都经历过什么呢？

　　在与它的对望里，它告诉我自己见证了多少场战火纷飞；那断掉的残枝也在低声诉说着，有多少在饥饿边缘挣扎的人们靠它活命；而它身后那几只破败的窑洞也嘶哑着大喊，它们不只看到了死亡和悲痛，也看到了新生和力量。这只窑洞曾经是个类似学校的地方，它和老榆树一起，陪伴了一代又一代的孩子们成长高飞。只是青年们远去了，孩子们也去了真正的学校，没有人再需要它们了。可它们，却始终站在这里，等日出日落，等每一个春天。

　　此时台畔下的槐花开得正浓，枝叶茂盛，而这棵千年老榆树就这样淡出了人们的生活和视线。就像一场风悄悄散去，它似乎依然存在，又好像已然消失了。老榆树经历过繁华，也熬过许多年的颓败，如今终于是熬不住了。可好在，它没有在那些灾难里低头，而是在如今的好年岁里悄悄离开。这就是老榆树的风骨吧，不惧风雨，无畏严寒，靠着它顽强生存的信念，走过一个又一个的寒冬，始终挣扎在它热爱的土地上。我想，这也是它要教给世人的道理吧，不畏困苦低头，却又在平淡里接受离别和衰老。

站在树下，我久久凝眸，但最终还是默默离开了。

老榆树大抵是想趁哪一天太阳最好时，果决又静默地彻底告别人间吧。

成为一棵树

　　小时候特别喜欢爬树，总觉得爬得越高就离天空越近。

　　我那时最爱坐在高高的树杈上抬头看天，看一朵云飘过，又一朵云散去，看小鸟从树梢上掠过，又飞回来，看大山的另一边，似乎又是一座山。

　　看得久了，我时常生出一种错觉：我和树融为一体了。

　　它在天地间伫立，我也在天地间伫立。它以春风夏花为食，以秋雨冬雪为饮，我便也如此。它因风雪而晃动，因叶落而委顿，我在不同的场景里也同它一样。我不禁感叹树的生命力，它立于天地之间，作为一个独一无二的物体，被人仰仗为神，被人敬畏，却干净磊落，不依恋繁华，每棵古树的耳朵都听从自己心底发出的声音，做你自己……所以才能经得起严寒、酷暑、干旱、雨淋；经得住岁月变迁、经得起沧海桑田、世事动荡。但是它始终相信上天会

31

赐予它空气、阳光、雨露，且不慌不忙。它不能预测生死，常常被人杀戮，瘦弱矮小者成为柴火，变为木炭；亭亭玉立者成为木材。活着淡定如水，安之若素，不以物喜，不以己悲；死了气韵不变，几百年的家具就是见证。一木一菩提，树是禅，身在尘嚣，心寄世外。

我常想，它粗糙的树皮、魁梧的树身中一定藏着令人惊讶的秘密。我想和它对话，向它请教怎样才能经受千年的风雨沧桑，向它学习怎样安稳平和地长立天地。我倚在它的怀里，听它随着风摆动枝干，感受着它在岁月里的点点滴滴的变化，想象着它还有几百年几千年的青春。我拥抱它，靠近它，努力成为它。

它有我学不来的本领，它选择不了环境却可以完美地适应环境。它长在这无人经过的沟谷里，无须谁的观赏，也活得潇洒快乐。看看它的同伴们，在风中、雨中、雪中，在背阴里或是阳光下，又或是悬崖、山川、沟壑和峭壁上，没有一棵树因此而抱怨，也没有一棵树因此而绝望。

对它们来说，长在什么地方，就在什么地方生存。它从发芽到长大再到老去枯死，都在同一个地方，始终坦然又自在地面对一切。可我好像总做不到它这样，我会为家贫而自卑，会为家人生病而难过，会为迷茫的未来而担忧，会为告别父母而害怕。同树一比，我太弱小了，所以我想成为它。

若能成为一棵树，首先我要学它风雨不惊的本事。等再面对苦难和艰辛时，我也什么都不怕，我用勇敢和坚定打败痛苦，便也能如同树一样更加茂盛了。其次我要学它迎难而上的本事，风雨越大，它根就扎得越深。人间漫长，谁的路上没有荆棘啊，要么剔除它要么踩过它，后面的路才走得更稳。最后，我还要向它一样傲立天地间，从此撑起自己的一片天。

接近春天

　　绿梢惊蛰雨，日落春分晚，不知不觉已是春3月了。今年还未得闲好好赏春光，偶然外出小游，才发现果然如此。

　　"野花路畔开"，去路边拜访不知名的小野花。野花们其实也有名字，像紫白相间铃铛状的刻叶紫堇，是春天最早开放的花朵，大声呼喊着万物复苏；像一截秆上八九朵紫红色或白色的花叫锦葵，在某天某个时刻里，打眼望去，红粉小花遍野，此时锦葵就是全部的春天了；又如开黄色小花的酢浆草，最喜欢长在路边的野草里，骄矜地望着来往过客。欣赏野花不需要刻意挑日子，随意走着，只要你愿意低下头去，便能看见这一小片春光。

　　"陌上山花无数开"，去山间拜访争奇斗艳的桃樱。桃花、杏花、油菜花和樱花，是山野上最常见的花。由2月开始，先是岭南的油菜花，接着是彩云之南的山樱，再就是山谷平原等地的桃花、江南数不清的各色花海，最后往北去，连西北广袤的原野上也开满了杏花。若计划日子来一场不同经纬的春游，由南至北，你划着小船，漫步山谷，再策马纵驰，在拜访山花的同时，也会看到春夏争渡的惊艳景象。

"深巷明朝卖杏花"，去姑苏深幽的小巷里拜访花物。你看谁家小楼独叹长，檐上玉兰正探窗。漫步在清幽的小巷，河水逶迤，素雨如丝，胜比月白的玉兰花落满身，拂不去一层春意。春花很大方，愿意叫你赏玩，也愿意为你增添浪漫。老人们怜爱花期短，遂把樱花编作头饰，把洋槐花编作手串，把杏花斜插在书本里，他们在春天叫卖花朵，让春色染遍人间。若得一枝染满了夜雨的杏花，那花的清香将陪伴你整个春天。

"山下兰芽短浸溪"，去深林里一道道蜿蜒的青溪上看望兰草。林间繁茂，阳光透过云隙，穿过密枝，洒落在浸润着泉溪的兰草上。紫粉色花朵轻轻摇晃，花瓣上盛满溪水，它不随溪流，也不惧寒山，仿若千年一瞬。谁和谁相偎着，打桥廊上悄悄走过，一面低语一面定格着溪上的景致，生怕扰了这片清绝之地。细风斜斜，兰草随之摇摆，倒是丝毫不在意被谈论或被观赏。

"鹊绕庭花，红帘影动"，家有庭院，便是最好的赏花处。母亲的小花园里从来都不缺少春色。太阳一暖起来，向阳花、月季和绣球花们依次开放，一茬花未败一茬花又开，门前桃花、杏花、梨花又竞相盛开，院里院外好不热闹。幼时，我常常坐在院子里，闻着花香听母亲讲做人的道理。看花一朵朵落满身上，那时的睡梦里，都沾染着母亲和花的香气。

在春天拜访花朵，是闲趣也是浪漫，是看花也是看人生，是思念故人也是盼望更好的来日。别去管不久后花的衰败，你只记住赏花带来的快乐，便已拥有了整个春天。

人间客

青海湖

随风舞动的经幡，向神传达着人们的祈愿，垒起的玛尼堆寄托着信众的希望和情感！日月山中有文成公主最后回望长安的悲叹，倒淌河中的每一滴水都是这位远嫁公主思念家乡流下的泪水！天下众河皆东流，唯有此河向西流！一个柔弱女子，用她刚中带柔，柔又克刚的力量创造和平，熄灭战争，这种蚀骨销魂的柔情无须厮杀却远胜寒冷的刀剑！

遥望祁连雪山，它的冰凉仿佛能穿过车窗，一股凉意让人顿时打着哆嗦，有清风在呼唤，有白云在招手！

终于一湖湛蓝的纯净出现在我眼前，有海鸥飞过，有水天一色的云水相互呢喃！这以雪山为骨，借蓝天为裳的湖，让人在湛蓝的深邃里沉沦！我就静静地坐在这片湛蓝中，凝眸远望，我一直在想，我所坐的地方，是不是就是 1706 年 5 月，被迫离开西藏的仓央嘉措一动不动久久所坐的地方？读过很多关于仓央嘉措的故事，但所有的结局几乎都是仓央嘉措到湖边而坐戛然而止，我似乎不愿意相信这就是最终的结局，或许向往青海湖的原因只为寻找仓央嘉措在 1706 年 5 月后不一样的结局！1706 年 5 月的夜，我想应该是静谧的，那个夜晚肯定是有月光的，那夜的青海湖一定犹如一块巨大的墨玉宝石，湖水在月光的映照下犹如美丽圣洁的玛吉阿米的呼吸，若有若无，勾人心魂！仓央嘉措在月光的照映下从容宁静，他凝视着湖面，仿佛湖面是一块巨大的屏幕，所有的过往画面在上面一一上演！他看到了自己的童年，疼爱他的父母，他成为活佛的荣耀与凄凉；他的百万信众因为不舍他的离去，每一张脸都泪流满面；最难忘的，当然还是他心爱的姑娘，她的笑靥如花，她离别时哭泣的眼，都成为他最清晰而又最心痛的记忆！我仿佛听到了他在喃喃自语："当一个人死去的时候，留有记忆是多么痛苦的事情，因为，这代表你不想遗忘，不愿遗忘！"佛亦如此，常人更不能！最想忘记的恰恰就是最难忘记的。佛有他的无奈，凡人亦有佛一样的无奈！坐在湖边，这一刻，我深刻地体会到了他当年写下这些文字的心情：住在布达拉宫，是日僧仓央嘉措；住在宫下面时，是浪子宕桑汪波。修道日僧仓央嘉措，约会情人去了，他寻求的，不过是普通人的生活！这首诗的无奈！或许我们每一个人苦苦追寻的或许都不是自己想要的而必须去做的事情！

"那一刻我升起风马 / 不为祈福 / 只为守候你的到来 // 那一日垒起玛尼堆 / 不为修德 / 只为投下心湖的石子 // 那一日我摇动所有的经筒 / 不为超度 / 只为触摸你的指尖 // 那一年磕长头在山路 / 不为觐见 / 只为贴着你的温暖 // 这一世转山 / 不为轮回 / 只为途中与你相见"。对于这首诗歌人们说法不一，有的说是仓央嘉措的，有的说不是，但是我看到的版本是仓央嘉措的，所以我情愿这首诗歌就是他的。因为这首诗歌沦陷，才了解仓央嘉措的。我也因为这首诗歌，越来越多地了解到仓央嘉措的生平，为他和玛吉阿米的一夜错过而悲叹，为他成为活佛而失去自由和爱人而哀伤！人世间有些事，往往就是如此！坐在他坐的湖边，默念着他的诗歌，亦如他的无奈和悲凉！恰是：渡船虽没有心，码头却向后看我，没有信义的爱人，已不回头看我！

牡丹花海里的豪情

牡丹花开，春夏生光。西北的春天，花盛放得晚，牡丹开放的时节要到四五月了，恰好是春末夏初，此时娇软热烈的牡丹开遍，你可用来写春天，也可以借她写夏天。文人们笔下的牡丹向来妩媚生情，但若是来写昔家的牡丹，一定会增添不少豪情。

庆阳的黄土地上，牡丹花的名声是昔家打出来的。

用"打"字，你或许已能猜到其间的一二故事。昔家的牡丹园由两三枝，到一小片，再到布满一整个园子，时至今日，与其说是牡丹园，倒不如说是牡丹花海，这漫长的演变，牡丹花从取悦一个人，到惊艳各地来客，这是昔会强先生的父亲在80多岁时仍不放弃的坚守的结果，她们是老人用力气和汗水传下来的"宝物"，这也是昔家两代人初心不改的守护和愈来愈高昂的志气的结晶。

"唯有牡丹真国色，花开时节动京城。"昔家的牡丹园完全配得上这句诗，牡丹花动一园春色，人群纷沓而至。太阳出来的时候，牡丹花一定是最早知道的。因她的头颅总是高昂，向着太阳，花瓣舒展，吸纳尘世百般，又回之以顶级的绝色。这叫人不由得想起生前的昔家老爷子，虽已是耄耋之人，仍然眉眼坚毅，侍弄起牡丹来，油然而生一股不寻常的气概。这气概定不是一天练就的，是从极苦的岁月里沉淀来的，挨过多少风雨，走过多少歧路，才有这一方牡丹惊天下，才有这一家代代存高志。人们常常拿牡丹去写女子的柔美娇艳，可放在昔家人身上，牡丹硬是叫他们养得豪气，也反衬出他们的非凡。

春风浩荡，黄土大塬尘土飞扬，牡丹一路盛放，和沟壑梁峁相映，和青云对望，黄土梁的浑厚倒是让位于这满园盛放牡丹的霸气。凡有志者，便有百种成功的可能。对牡丹来讲是如此，对昔家人来说亦是如此。

昔会强是家里的老三，生来坎坷，一路走来，亦如牡丹一般越发高洁。有句诗是："看似寻常最奇崛，成如容易却艰辛。"对昔会强而言，出生是一场劫难，成长是勉强活着，别提梦想，就连口饭饱腹都艰难。无论什么时候回想起那些艰苦的时日，他都会觉得肚腹空空，想替少年时代的自己多吃一碗饭。但昔会强谈论起那个时候也是微笑着的，像是从山高处回望山谷渺小的自己，知道那个小小的人一定能爬上来，由此生出一股欣慰和满足。牡丹扎下根系的时候，一定是拼着开花去的；而浑身志气的昔会强，每走一步，就更加坚定以后的山高海阔。

步步不停，肃肃其羽，这是昔会强从父亲那里学来的本事，也是从牡丹身上学来的傲骨。他自幼热爱书法，然因现实缘故几次中断，但昔会强心中从未放弃那一案纸墨。十几岁的天空是单调的，他毅然决然地放弃工作，选择了读书继续实现自己书法的梦想，精诚所至，金石为开，最终昔会强敲开了书法世界的大门，如痴似醉。正如牡丹花一旦盛放，必不肯再收起花叶。昔会强一身才干，对书法，对百般人和事，对牡丹园的传承，也是如此，冲劲在肩，不登高处不罢休。

岁至中年，老父亲离世之前郑重将牡丹园托付给了他。牡丹仍盛放年年，可养育她们的人已永别。昔会强满目哀戚地送走父亲，在叔伯婶婶兄弟都不赞成的情况下——就连以往一直支持他的妻子也加入了反对的行列——他依然决然地选择了打理这片牡丹。西北气候干旱，牡丹花开不易，他请农科院专家时时关注牡丹的成长变化，并进一步扩大花开的范围。西北人们淳朴，很少有看花取乐的闲情。昔会强率先将自家的牡丹园赋予观赏特质，每年二三月，他便着手策划四方来客赏牡丹的活动，好叫人们在繁重的事业中有一隅天地去开怀。父亲离世的 10 年里，他在牡丹园里先后举办了牡丹杯广场舞大赛、牡丹杯诗词大奖赛、牡丹杯太极拳展演、牡丹杯旗袍秀大赛等等。在昔会强的勤勤恳恳下，昔家牡丹园成了庆阳的某种节日符号。但凡花开，必有人群趋之。在赏花的同时，看牡丹园呈现的不同文化意趣，这是昔会强赋予牡丹的特性，包容且高雅。举办牡丹园活动极费力气，策划实施，组织对接，保障安全，费时费力，可昔会强一点不觉得苦累。一年又一年，他的身体越发清瘦，然而看着人们的笑颜，他又觉得无比值得。他没有过多的想法，只是想叫人们在对命运抱怨之余，能有一处地方可使心灵得到慰藉，更想让这牡丹花无惧风雨，长长久久地盛放。

少年时，是父亲的牡丹花给了他冲和闯的勇气，而如今再看，竟是他给牡丹续上了无畏坚毅的品性。昔会强用 30 年的光阴，让自己的书法爱好绽放，又用十几年的苦心，让这一园的牡丹长久绽放，大展自己的一身铮铮傲骨。由书法到牡丹，由笔墨到花海，由遥不可及的梦想到触目所及的当下，昔会强既珍惜又满足，但他并不会就此止步。像牡丹定格了春天，仍会继续前往下一个春天。昔会强也会将笔墨洒满牡丹园，继续执笔写着壮志凌云。

"须是牡丹花盛发，满城方始乐无涯。"昔家的牡丹园在太阳下熠熠生辉，牡丹花们望着远处的山头，似乎心有雄志，想要骄傲地盛放在整片西北的黄土地上。游赏着满园的牡丹花，不由得让人觉得牡丹花海里也有万般豪情！

茶卡盐湖

在青海这个海拔比较高的地方，天气预报是不准确的，想要在这个地方遇到你期盼的天气，完全得看你个人的造化以及与这个地方缘分的深浅！

在青海湖游玩，大可不必担心天气不好影响你欣赏湖景，因为青海湖在各种天气下都有不同的美！但茶卡盐湖不一样，这个被称之为天空之境的盐湖，只有在晴天的时候你才能看到它最美的一面！幸运的是，我在晴朗的天气里看到了它最美的一面！

在太阳还未升高时，天空还有一层薄雾，这时的盐湖略显苍白，就像还未来得及梳洗的美人，带着睡眼蒙眬的美！这个时候你远远望去，天上有水，水中有山，天上水中皆是云！可能此时才能真正地体会到看山不是山、看水不是水的感觉！就仿佛进入了一个幻境，一切都是虚无缥缈的，越走越显得那么不真实！你以为迈着跄跄的步伐就会将这种虚幻、虚无踩碎，直到慢慢消失的水波将一切还原，你才最终明白，这位美丽的女子，她是空灵的……

太阳升高了，湖水随着天空的颜色变得深邃起来，明亮了许多。在湖边行走，或许一开始你还是改变不了快步行走的习惯，一如往常一样匆匆赶路，但很快你就会被美妙的旋律所吸引，它会拽着你的脚步，让你漫步湖边，在每一处都能聆听到的梵音中，忘却尘世中所有的烦恼和种种不快！游客越来越多，不管高矮胖瘦，不管漂亮还是难看的女子们都身着红衣，手拿各种拍照道具，做着各种姿势，展示出自己最美一面，将自己和湖融为一体永久地定格于镜头之中！这些红衣女子如湖面刹那间开放的花儿，将湖面装扮得鲜艳无比！你也或许会明白，这看似没有色彩的湖或许就在等待这众多如花的红衣女子！在众人热闹的嬉戏中，你突然觉得盐湖像是一位得道高人，在众生的喧闹中，他静静地入定在自己境界中，任凭你折腾，打闹，他都不会受到干扰！那么包容，那么慈悲，也是那么宽容！

在盐湖，与其说是走进了虚幻和不真实，还不如说，你走进的是一种禅的境界。《六祖坛经》云："一切众生，一切草木，有情无情，悉皆蒙润，百川众流，却入大海，合为一体。"因为我总认为，浮世清欢，如梦无痕，厌倦了尘世的往来，所以很多的人愿意做平凡的植物，尽管微妙，却有着比人类更简单、更质朴的生存法则，只想着如何安静地过完日子，不在意前因果报！我身着红衣，更想自己是那一株彼岸花，三生石上种因果。我更觉得来到这里的人如湖边开出的生命之花，面对如禅境的湖，一花一湖总关禅！

在盐湖，在一种禅意的境界里，我变得更加笃信人和人之间的缘分了，或相视一笑，或短暂的交流，或善意的帮助，所有这些其实都是缘分！比如你在不同的两处地方都会见到同一个女子，她和你身着一模一样的红装，你们在相互注视的惊讶中，不需要交流，从眼神中便知我们会说同样的一句话：咱俩的红衣绝对不是景区里用来拍照才买的！这无言的交流绝对不是擦肩而过的缘分！又比如说你一个人站在湖里如一缕魂魄在游荡时，却被热情的招呼声唤醒，此时你已经是有缘人的镜中人，而她们也是我的眼中景！一声谢谢换来的是她们的一句："能为你拍照也算是我们和你的缘分！"更比如说，你站在湖边傻傻发呆时，会有人跟你打招呼说："嗨，你一个人，需要拍照吗？我租的衣服可以给你拍照。"然后你就在一对母女的热情张罗中，摆好了姿势，拍了照片。拍完了，一切结束了，你还没有缓过神就看到她们匆匆赶路的身影，赶忙大喊一声谢谢，听到的只是一句"咱们算是有缘人"！缘分真的很奇妙，与其说我的人缘好，还不如说是她们用她们的热情和善良温暖融化了我把自己裹起来的冰冷！

许多人认为静深渊博的禅，其实在一念之间，在每一个途径的日子里，在盐湖的每一滴水中，在众多女人花间，在婆娑世界里！人出生的时候，原本没有行囊，走的路多了，便多了一个包袱。而我们该如何让世俗的包袱，转变成禅的行囊呢？只有用一颗清净依止的心，看世态万千，方能消除偏见，在平和中获得快乐！

那个卖麻辣烫的少年

那个卖麻辣烫的少年，如今也已进入中年了。

罗小毛 14 岁就开始卖麻辣烫了，20 年前，他在市场的一角，跟哥哥共同经营一家麻辣烫店。

他个子不高，皮肤白皙，脸型圆润，大眼睛忽闪忽闪的，人看起来稚嫩，可干起活来极利索，招呼客人也嘴甜老道。那个时候麻辣烫是我的最爱，几乎吃遍了所有卖麻辣烫的小摊，吃来吃去还是觉得罗小毛家的味道最特别。每次去吃麻辣烫，看到罗小毛跑前跑后招呼客人，手脚麻利地收拾东西，将小店打理得干净整洁，总觉得这个小少年将来一定有出息。

时隔好几年，罗小毛结婚了。他哥哥开了一家新店，老店留给了罗小毛经营。再去店里时，罗小毛负责烫菜、调味，招呼客人的人换成了他的媳妇。新媳妇长相秀气，性格腼腆，见到客人总是微微一笑，就算是打过招呼了。不同于过去，罗小毛更会经营生意了。客人点完单后，他总会详细询问客人有没有特殊要求，等客人吃完饭，他还会问问有没有什么要改进的。每次经过市场，总会看见闲下来的罗小毛在认真洗菜、备菜，小媳妇将他切好的菜串起来摆好，两人时不时地对视说笑，看起来极甜蜜。

不久，他们有了孩子，罗小毛更忙了。一天下来，他不仅要烫菜、调味、洗菜、切菜、穿签，还要招呼客人和收拾店卫生。小媳妇抱着孩子边哄边收钱，在孩子熟睡的时候，也会帮着罗小毛打扫收拾。罗小毛很忙，但时不时会把目光投在媳妇和孩子身上，有时还会腾出手去逗弄一下孩子，嘴角总是上扬着的。日子一晃，他们的孩子上幼儿园了，罗小毛的媳妇腾出空来，帮着一起经营小店，两人的日子越发和美起来。

后来因为肠胃不好，我几乎不再接触比较刺激的食物了，去吃麻辣烫的次数也是少之又少。

偶然一次带朋友去时，罗小毛依然在忙碌着，却不见他的媳妇。一问才得知，他已经离婚好几年了，媳妇嫌他挣钱少而离开了。我有些吃惊，但也不便再问什么。或许他媳妇有难言的苦衷，或许两人有什么不可调和的矛盾，又或许真如罗小毛所言，媳妇嫌贫爱富。不管真实情况是哪般，罗小毛是肉眼可见地落寞了。他虽仍然招呼客人，但不再总是笑着了。闲下来的时候，他像是丢了魂，坐在收银台后发着愣。

后来没忍住，我问他为何不再找一个。他说他也想找，可是介绍的女人要求他买房，还必须有车。房子他倒是打算买，可是车子他认为用不上，人家一听他不买车就不愿意了。就这么着，在相亲的女人眼里，他不算年轻了，却还没房没车，都同他是有始无终。我又问为什么不雇个人帮忙，一个人开店实在太累了，身体也会吃不消。可罗小毛不介意，他说自己还年轻，正是吃苦的时候，这时不打拼又待何时？钱不会平白无故地到你手里。

听他这话，我像是又看见了十几岁时的他，一身冲劲地卖力干活，铆着劲地过好每一天。即使遇到挫折，即使有着人到中年的不如意，罗小毛依然如从前那般，不向生活低头。

在我看来，这就是我从他身上学到的，最大的出息。

闭门不出的女人

　　她不是不愿意出门，而是因为瘫痪不能出门。出一次门要费很大力气，还要麻烦女儿，久而久之她也就不再渴望外面的世界了。

　　到她家里时，她正静静地坐在炕上绣香包。见我们一行人来，她费力地从炕里往炕边挪，想挣扎着下来坐到轮椅上招呼我们，被我们连声说不用后，她放好手边的活计，一一请我们坐下。她家比我想象的要干净整洁许多，为数不多的几件家具虽简单却齐整锃亮，让这箍窑显得不那么空荡。环顾一圈，她所在的这片小天地里像是没有色彩，只有靠着炕边的小钢丝床上有一堆绣好的亮色香包，让这屋子不那么暗淡。

　　可怜人满身可怜事。说她是离异吧，她和跟她结婚的那个男人却没有办离婚；说她已婚吧，那个男人在她瘫痪后就再也没有回过家。她曾经的丈夫在外地重新组建了家庭，可她无可奈何。他们当时结婚的时候没有结婚证，只有长辈的见证，所以即使打官司也无法给那个男人判重婚罪。就这样，她拖着瘫痪的身体在娘家的帮助下盖起了两间箍窑，带着女儿在算不上前夫的家门口生活。

她不是先天瘫痪，而是在孩子1岁多的时候，因一次意外导致脊椎受损而不能动弹。当时看病的医生说能治好，只是需要500块钱的治疗费用，可那时的她和丈夫拿不出这治疗费用，因此错过了治疗时机，导致终生瘫痪。一个极贫的家庭，一个嗷嗷待哺的小孩，再加上一个瘫痪不能自理的女人，那个男人没有选择为这一对母女遮风挡雨，而是远走他乡重组家庭。

说起女儿，她的眼泪就再也没有停过。家贫的孩子早当家，她女儿3岁的时候就开始学着生火做饭。她在边上教，姑娘跟着学，小手在一次次尝试生火的时候被烫满了水泡。那个时候没有自来水，喝水得去附近的沟里打水。3岁孩子在普通人家里尚是幼儿，在她家却是小小劳动力了。但孩子实在是太小了，压根提不动一壶水，只好拿矿泉水瓶子分几次接水。沟路并不好走，她坐在轮椅上远远看着，为了确保孩子安全回来，她总是一直大声喊着名字，直到姑娘接连应着声回来。说到这里，她让我看锅里蒸的雪白馒头，很骄傲地告诉我们是她如今已经上初中的女儿蒸的。

艰难的日子逐渐过去，家里状况在政府的帮助下和孩子的日渐操劳下好了很多。她除了低保，也找了个活计——替香包公司做香包，赚取几毛钱的差价，获得些微薄的收入。女儿今年上初中了，正是在校拼命学习的好时候，却为了照顾瘫痪的她而放弃住校，每天来回奔波十几里，只为给她做上一口热乎饭。家庭的不幸丝毫没有影响女儿的学习成绩，相反各项成绩在班里都是拔尖的，还因家贫志坚上了本地新闻，我们就是看了报道才来看望她们母女的。

和她聊天的过程中，她的女儿回来了。十几岁的小姑娘穿着朴素，却并不因家贫而自卑怯懦，反而大方热情地跟我们打着招呼，接着放下采购的一周内的生活用品，在给我们倒了几杯水后，动作麻利地将母亲挽到轮椅上，并在母亲腿上捂好了毯子。

到了院子里，心情瞬间好很多的女人指着地里各种蔬菜，告诉我们这些杰作都是女儿周末做完作业之后种的。我看着一整个菜园充满生机的蔬菜很是感慨，我无法想象一个3岁路都走不稳、话也说不利索的孩子是怎样去提水，怎样一次次地学会生火做饭的；我也无法想象一个优秀的初中生，是怎样每天风尘仆仆地往返于家和学校间照顾母亲，是怎样学会了做与同龄人不相符的各种家务的。

忘了跟小姑娘都说了些什么，只记得她始终是浅浅微笑着，清秀美丽的脸上没有丝毫因生活产生的窘迫。那天临走时，我们把大米、食用油等一些生活用品放下之后，母女二人迎着黄昏向我们挥手告别。我在逆光要落的夕阳里，看见她们身后有一轮灿烂无比的太阳正在冉冉升起。

两张十元钱

周末有事驻村不能回家，母亲得知后，竟带着妹妹妹夫、弟弟弟媳还有侄子、外甥来村上看我。7月天，正是睡莲盛开的季节。我原本想陪他们去看看花，感受一下村里的景色，母亲却提出要去看望我常念叨的老苏头。

86岁的老苏头，是我回娘家时常提起的人。他和我的帮扶户王某某本是半路夫妻，两人一起生活近30年，没有共同生育孩子。后来老苏头年纪大了，被王某某和儿子给赶了出来，没有去处，被安顿在了村上的代建房里。

记得第一次去他家是阳历的3月份，天还很冷。远远走近了，只见他孤零零坐在院子里，正在太阳下晾晒一碗剩面，约莫是想叫这口凉饭热一些。他见我来，站起来请我进屋坐。同老苏头攀谈的过程中，我发现他有做饭的电锅，于是问他为什么不用，他说停电了。谈话的间隙里，我又瞧见他有一口灶，再问他怎么不生火去热饭。老苏头沉默了片刻，才继续说起来，左不过是一碗饭的事情，晒晒就热了，煤嘛，能省就省点。

听了他的话，我心里很不是滋味。此后，只要我在村里不外出，每次做饭都会多做些，拿保温盒装好给他送去；或者外出回来后，我也会捎带些牛奶、馒头、鸡蛋、包子等，打包带给他。渐渐地，我把老苏头当作亲人长辈了，时不时操心他的吃喝问题。但凡工作空闲了，我都会去陪他一会儿，有时带点药，有时带点父亲穿过的旧衣服给他换上。老苏头屋里的灯总是黑着，门也不上锁，我就自己走进去，再找到开关把灯打开。屋里一亮起来，我便总能看到他静静地坐在炕头，闭着眼睛一动不动，或者盖着厚厚的被子躺在被窝里。他的情绪有些消极，常说开灯和不开灯没什么区别，反正都是闭着眼睛等死。他的炕是冰冷潮湿的，我给他送去的电褥子也不舍得用。至于要送他的电视，他更是直接拒绝，只说老了看不懂了。

看到这样的老苏头，我很心酸。冰冷潮湿的炕，漆黑无光的屋子，一个风烛残年、只想闭眼等死的老人，是多么叫人绝望和心痛的画面。

当我带着母亲走进他家时，老苏头被我们的到来吓了一跳，颤颤巍巍地走下床，哑着声问我发生什么事了。我告诉他是我的家人来看他了，他才放下心来重新坐好。我向老苏头逐一介绍我的家人，又叫侄子、外甥向他问好。孩子们清脆的一声"爷爷好"之后，老苏头浑浊的眼角涌出了泪花。此时我有些后悔，不该带一大家人来看他，他见了别人家的幸福和满后，会是多么难过啊。

临走时，母亲将买好的食物和衣服放下。正打算告别，老苏头却抖着手，从贴身的衣服里翻来翻去，最后掏出两张皱皱巴巴的

10元钱，非要塞到侄子和外甥的口袋里。"给小孩子的，别嫌弃，别嫌弃。"他含糊不清地说着。两个小家伙很懂事，把钱放到他的床上就跑了出去。接着我们向他道别，他仍在解释着自己的一点心意。我只好说，如果再给钱，我就再也不来看他了，他才作罢。

直到我们走出很远了，他还捏着那两张10元钱向我们挥手，我依稀还能看见他眼角的泪水。

一方水土一方人

　　无论是来过环县的人，还是不曾来过环县的人，都会觉得，环县就像一个梦，一个属于大西北黄土高原上偏远而又贫瘠的梦。她诗意古老，朴素宁静，曾被世人遗忘。如今，作为深度贫困县却被世人追寻。

　　在扶贫验收来环县之前，作为一个偶然的路人在这里曾经停留过两次。严格意义上来讲，第一次只到了曲子镇，缘于公益微电影《婚殇》的拍摄。我们剧组一行人在油坊塬村待过 4 天，那 4 天里我们剧组被农户热情招待，给我留下了深刻的印象，也让我有了了解环县的想法。第二次缘于一次宣讲，头一天擦黑进城，第二天一大早工作任务结束就匆匆离开了，同样没能来得及让我感受这座城市里的一切美好，离开时又带了些许遗憾。但是许多时候，来到一个地方不需要任何理由，抵达之后，我愿意相信有一种缘分的说法。的确，这个城市我再次来了，来了便让我看到了可能足够令我一生回味的风景。

当我再次和这座城市相逢的刹那，一切从忙碌的入户普查开始，她便让我们退去城市的锦衣华服，与这里质朴的时光同步。"十里崎岖半里平，一峰才送一峰迎。青山似茧将人裹，不信前头有路行。"清代诗人袁牧笔下的《山行杂咏》形象地描述了这个我们每天行走入户的地方。看似离我们很近的一户人家，却要在弯急坡陡的山路中如海市蜃楼般磨光了我们所有的精力之后才能到达。我们也无法想象他们为什么要住在这样交通不便、两个邻居之间就是两座山头距离的地方。但当我们真正走入农户家里的时候，迎接我们的是他们热情的笑脸。他们不管我们来自哪里，我们是谁，来干什么，总之我们的到来令他们非常高兴，迎我们进门之后，罐头、啤酒等家里能招呼人的食品饮料全会摆在我们的面前。寒暄之际，女主人已经从地里摘回来自家种的大西瓜、羊角瓜等瓜果，又从自家树上摘下了味美的桃子、李子硬往我们的手里塞，大有你不吃就会跟你急的样子。你从他们的热情招待中丝毫看不出半点虚假和敷衍，热情好客的他们硬是将带有普查工作任务的我们当成了远道而来走亲戚的最尊贵的客人。甚至工作结束道别之后已经走出一里地了，他们还会摘下自家的几根大黄瓜追着我们硬是塞进了我们的公文包里。

你问他们能吃饱吗？朴实的汉子会憨实地一笑道："这年头，哪里还能吃不饱？党的政策这么好，种粮食不收税还给我们补钱。如今你看我们路也修了，电也通了，除了自来水还有窖水，看病不掏钱，只要我们勤快，这山里地多，不会饿肚子的。"你问他们平时吃肉、蛋和豆制品吗，精干的女人腼腆地一笑道："家里有几十头羊，想吃肉随时可以杀，自家喂的鸡，就是为了能吃到新鲜的土鸡蛋。"在户里四处查看，住人的屋子收拾得一尘不染，衣服被褥叠得整整齐齐。在存放粮食和农具的屋子中，你会发现农具在他们的手中被磨得铮亮，一整囤一整囤的粮食向你炫耀着主人家境的殷实。走进厨房，虽还没到吃晌午饭的时候，但厨房的烟火气息已然让我们流连忘返。说真的，我会不争气地盯着那一盆子土鸡蛋使劲咽下分泌出的唾液。当拧开水龙头看见那一股清水流出，仿佛所有生命都只因这生命之水得到了延续。为了让家家户户有水吃，政府花费了大量的人力财力让农户用上了自来水，但为了保证人畜都有充足的用水，农户家家都还保留着各自的水窖。我原本以为，他们会用窖水来洗衣、浇菜和喂牲畜，却没有想到恰恰相反，他们自己吃的是窖水，饮牲畜和浇花浇菜用的是自来水。他们世代生活在这大山里，他们习惯了喝这片没有污染的纯净的天空中落下的天水。也许种种原因让他们贫穷，但或许也有种种理由让他们在这里奋斗，生生不息，耕云播雨。网络时代里，信息并不闭塞，住在大山里的人们在信息遍布的时代用他们的勤劳和智慧走上了脱贫致富奔小康之路。多少天里，我们用脚步丈量着这里的扶贫干部走过的每一条路，感受到了他们平时工作的艰辛，更让我感动的是各级党委政府在精准扶贫中做出的显著成绩。

不知是惧怕从镇上到入户的居民点需要行走将近 30 千米的令人颠簸摇晃的砂石路，还是惧怕从山顶往山下行走时看见深沟眩晕，又或许是想要听到那塬畔上的清风阵阵呼呼，抑或是看见了那山顶上伸手似乎就可摘到的白云在向我招手。就这样，让我有了与居民点庄户人家一夜的邂逅，这家的男主人是易地搬迁居民点的队长，女主人泼辣能干，将家里打点得井井有条。看着她忙前忙后的身影，我仿佛看到了母亲的影子。所以我婉拒了镇上为我安排的宾馆住宿，强烈的愿望迫使我想在他们家留宿一晚上。当他们听到我要住在他们家里时，十分开心，开始为我张罗着我可能需要用的物品。毛巾是新的，拖鞋是新的，温度适中的洗脚水中还加上了洗脚用的香脂，从一整套擦脸油到面膜、洗面巾一应俱全，女主人还一再说着，让我别嫌弃之类的话。出门在外，除了要吃得可口，住得舒服之外，我其实并没有那么多的讲究。我惊讶于女主人这么周全的准备。在我洗漱的过程中女主人跟我讲，她的两个孩子都已经长大了，姑娘虽然远嫁他乡，但是日子过得相当不错，她给我拿出来的这些洗护用品全是姑娘买给她的。儿子虽然没有成家，但在外边打工，收入也相当可观。虽然他们家在建档立卡时被评定为了贫困户，他们很感谢党和政府这几年来对他们的帮助，但他们不能啥都依靠政府。这几年孩子大了，没有拖累了，自己种着三十几亩地，养着三十几只羊，地里除了种庄稼，还种的有牛羊等牲畜饲料。现在他们已经完全达到脱贫标准。此时，已经安顿好羊圈的男主人进屋插言道：居民点建好，他们一分钱都没有掏，还将装修的钱都打到了他们的账户。这两年通过努力，也有了一定的积蓄，索性就将家里好好装修了一番，也安装了土暖气。秋收一过，所有的农活都忙完了，他们也就能跟城里人一样干干净净暖暖和和地过冬天了。和男主人聊天的过程中，女主人已经麻利地为我铺好床。我一看，羽绒被是全新的，床单是全新的，那一刻，有一股暖流在我的心底氤氲流淌。一个陌生的地方，一对淳朴热情的夫妇给了我家的温暖，无论有怎样平庸的心境，都会被空气中弥漫的热情所感染。让我在月光如水的夜晚，将心底最深处的疲惫缓缓释放！一夜无梦……

淳朴的山里人，在简单的宅院里过着最平凡的生活，几十亩田地，几畦菜地，一群牲畜，一条看家狗，一口水窖，几只鸡，几缕炊烟，便是陶渊明笔下最惬意的生活。"狗吠深巷中，鸡鸣桑树颠。户庭无杂尘，虚室有余闲。"也莫过于如此。光阴倏然而过，就像是老戏台上的一场戏宴，从开始到落幕，有圆满，也有遗憾。或许，我们穷极一生的向往就是他们现在过的生活，一方水土一方人，大山或许就是他们生命的居所，灵魂的归一，任由命运如何安排，他们都甘愿沦陷，一生无悔！

连日的忙碌终于告一段落的时候，闲暇之余登上西山去文昌阁拜拜孔圣人，一眼望去，整个环州城的繁华被尽收眼底。下山之后去烈士陵园瞻仰革命先烈，感受烈士们当年行走在革命的前端，鸷马江湖，风云驰骋。他们风云奔腾的事迹在历史的天空里荡气回肠。那沉入大山的魂魄已经看到了新中国的第一缕明月，我想他们也一定会看到我们强大的中国全部消除贫困之后那一轮更美的明月！移步至古城墙，岁月的老墙承载着斑驳的记忆，时光将它们一片片剥落。失去了锋芒的城墙，熄灭了战争的城墙，停止了呐喊的城墙，我们依然还能在它额前沧桑的皱纹上，找寻到昂扬的斗志，翻滚的硝烟以及富饶的文明。作为一个现代的旅梦者，朝它一步步走近，无须宝马利剑，无须长缨弯弓，只需要你虔诚地静静地触摸，它便会向你细诉那些退隐在岁月帷幕后的故事，无数折腰英雄，恒骋疆场，碧血黄沙的故事，甚至还藏隐着许多儿女情长，肝肠寸断，催人泪下的故事。在宋塔的寂寥中，一刹那你便可懂得要平静地对待人生的聚散离合，接受岁月赠予的苦难与沧桑，收集着古往今来云水的漂泊。

不知不觉已近黄昏，黄昏的环州城就像一位平淡的老人，收藏着一切可以收藏的故事。西山的文昌阁在霓虹灯的装扮下格外耀眼，似一座丰碑指引着迷失的行者。山下的唢呐高亢激昂，吹出环州人幸福美好的新生活。假如你是远方的来客，经不住环州的热闹蒸腾，说不定会迷失在某个繁华路口，记不清来路，抑或被微风遗忘在这个被称作步云桥的上边，不知归程。你大可停留在某个文化娱乐活动氛围浓厚的地方，等待着一场皮影戏的开幕，在陇剧道情的唱腔里感受一段绝美的故事。人老心不老的道情表演者，那满脸褶皱的笑容开出了老有所乐、老有所依的幸福之花。这时你可以从专注看表演的观众中询问归去的路。党建引领党员带动让群众的口袋富起来，精神文明引领志愿者参与让群众脑子富起来。此时你只要顺着潺潺而流的环江水沿江边行走，不需去丈量河流的长度，让范仲淹知庆州已经开启的历史故事沉落水底，让不曾翻读的故事漂于水面……

眼到处，心就一定能到。生命本来就是一场旷达明净的远行，将责任和使命装进行囊远行，又将人文和历史打包归去。携着思想与情感，一路匆匆赶赴，又闲庭信步。一段历史见证一段超越，一次追寻成就一份完美。短暂的离别是为了另一段相逢的惊喜，永远的离别是人生一种无言的美丽，或许我曾经将环州深深的追忆，有一天，环州也会淡淡记起昨天的我……

鞋匠老白的读书梦

起先去鞋匠老白那里修鞋是带着厌烦的，他话太多，又爱点评时事政治和文学书法，我并非觉得他的谈吐不好，只是单纯不想听他"教导"。试想一下，你只是去早餐店买个包子，老板明明 1 分钟就能装好包子给你，可他偏偏要先用 5 分钟给你讲什么国家大事，你能受得了吗？

毕竟彼此不熟，他在我看来有些痴人说梦。

可偏偏就他离我家近，且鞋子修得齐整好看。不管贵的便宜的鞋子，也不管鞋子坏得多么严重，到了老白手里，必定给你前前后后地修好。他和大多鞋匠一样，穿着看起来不怎么平整也不怎么干净的专用工作服，他的手也同其他手艺人一样，因风吹日晒而常年裂着小口子，口子的缝隙渗进了洗不掉的黑灰。老白的脸也是黄土高原上特有的古铜色，额头上皱纹一层摞着一层，眯缝着的小眼睛尚且能看见眸子的深黑。

老白修鞋铺子的旁边是家水果店，是他老婆的店。他老婆也是如此，有着小摊小贩特有的沧桑，不修边幅也不打扮，只是身材高大肥胖，看起来生活不错的样子。相比下来，水果店的生意要比修鞋铺好，故而老白常在空闲时，替他老婆照看生意，时而搬拿货物什么的。

后来又去了几次，老白照旧自说自话他的见识。说他自说自话是因为，我在后来几次里都不太接他的话。好不容易逢上休息，着实不想与人争辩这些。老白在高谈阔论时，不管你是附和还是反对，他总有更多的观点去佐证或是反驳你，这叫人心累。

虽然他爱谈论这些，但不代表他为人有什么问题，只是一般客人不爱听罢了。相反，老白的性格很好，他很和气心善，修鞋时会额外干些活，而且并不收费。他帮忙卖水果时，若是看见大人带着小孩子，还会给小孩塞些枣、核桃或者葡萄。后来彼此熟悉了，看他手脚利索干活的同时，眉飞色舞地讲着贾平凹或者其他文人，倒也习惯了。他用那粗糙的大手熟练地穿线，把修鞋机操作得嗒嗒直响，再配上嘴里不停的声音，给这平常单调的市井一角带来了富有文化气息的交响曲。

再后来买的鞋子多了，到老白那里修鞋的次数变得很少。直到今年春节假后，随脚穿的一双鞋子拉链坏了，我又去找他。然而他的修鞋机包得严严实实的，像是不做这生意了。我忙去问他，这才得知是生意不如从前了，他下午就收摊了。老白说，现在生活水平提高了，人们买的鞋子都贵，质量也好，或者穿坏了就直接扔了，都不怎么修鞋了，所以他下午就专心卖水果，好叫他老婆歇歇。

不过老白看在我是熟人的份儿上，重新打开了修鞋机为我收拾鞋子。干活期间，老白说他在《九龙周刊》上看见我写的字了，称赞我的小篆很有天赋。修完鞋，他拿出一本复印的楷书字帖，说自己在练小楷，叫我看着指导指导。我谈不上指导，只是同他交流了几句。如此一来，我们在这方面有了共同话题，我也不再反感老白的高谈阔论。老白说他的原帖是民国时期在宁县政府工作的李之玉写的，他无意中买到了，因为特别喜欢楷书，就带在身边闲了琢磨琢磨。这时鞋子修好了，老白坚决不收钱，要我写幅字代替钱。老实讲，我虽然这些年练习书法，下了挺大功夫，但对自己的书法始终是不太满意的，更不敢给别人题字。然而老白坚持要我写，说他在一张给别人包水果的旧报纸上，看到有人用篆体写的"不容易"3个字，他也想要这个，我只好答应了。

我和老白因这次相处才彻底相熟起来。

从前我一直觉得老白说的话与他所从事的职业格格不入，他说起文学是满腹经纶，可手下又干着最平凡吃苦的活儿，这诡异的差异让他看起来似乎是"心比天高身为下贱"。我并非是贬低老白，也不是看不起他，只是单纯地不愿意听他说这些，即使换个有钱老板也是一样。虽然老白的外表看起来的确是寒酸了些，但肚子里是实打实有学问的，只是不知他为何选择了修鞋。我将心中的疑问问了出来，老白再次打开了话匣子。

他出生于20世纪60年代，在一个极贫苦的家里。可家贫志不贫，大字不识的父母对他寄予厚望，给他起名"白富存"，希望他长大后日子富足又能存下很多的钱。

老白是家里的老大，下面还有1个妹妹和两个弟弟。在那个只有挣工分才能吃饱饭的年代里，脾气暴躁的父亲将挣工分看得高于一切，所以在他要上初中时，父亲让他放弃考试回家挣工分。好在母亲虽不识字却明白读书的重要性，做出了即使被父亲暴打也要坚

63

持的事情，偷偷给了他1元钱，让他去参加小升初的考试。成绩出来后，他考上了，父亲只好妥协，答应让他读完初中。少年老白也很懂事，趁着假期拾粪、掏牛圈、摞麦草垛，跟大人们挣一样的工分。后来队长见他年纪小，担心他累坏了身子骨，就让他跟着同村一个叫杆子的人去放牛。

杆子的哥哥在县二中上学，存有好多书，他就借来看。老白第一次接触各类文学作品，就是在那时候。《三国演义》《红楼梦》《第二次握手》《十二张美人皮》等古今名著为他打开了新世界的大门，他如饥似渴地阅读着，同时也渴求着外面的世界。老白说《第二次握手》对他的影响极大，让他第一次有了梦想，想象着成为苏冠兰、丁洁琼和叶玉函那样的科学家，做忠于国家、献身科学的有为青年。

3年的初中生活，他飞速成长着。时间飞快，他又一次面临新的抉择：是否要中考。这次父亲坚决不同意他再读下去了，但是在队长和老师的劝说下，父亲勉强答应了让他参加升学考试。他依旧没有辜负大家的期望，以第二名的成绩考上了宁县二中。可惜还没来得及高兴太久，他的父亲就旧疾复发失去了劳动能力，家庭的重担一下子落到了他这个长子身上。老白看着录取通知书，只有仰天长叹。

造化弄人，他没有别的选择。

退学之后，家里的日子在他的支撑下渐渐好转，母亲开始忙着为他张罗婚事。然而结婚不久，他因阑尾炎手术欠下一笔债，紧接着，妻子难产再次欠债。老白回忆起那段时光，止不住的叹息，或许这就是命吧。

很长一段时间里，老白为了能够早日还上债务而拼命劳作，他白天当小工，晚上去沟里挖黄芩。就这么咬着牙干，日子又一点点好了起来。他挣的钱除了还账、贴补家用，还有些富余的，这时他又想起了自己的读书梦，便陆陆续续买了不少书。老白对那时读下的每本书都如数家珍，说起鲁迅的《呐喊》《狂人日记》《阿Q正传》，他说自己受了很大启发，并时常告诫自己不要做被别人指着骂的人，而要做令人称赞的"孺子牛"。他又相继看完高尔基的自传体长篇小说三部曲《童年》《在人间》《我的大学》，让正步入中年的他更加理解世间的苦难。

老白就这么一边还着债，一边为自己补充着精神食粮。后来债还得差不多了，日子刚有了点盼头，生活却再次给了他致命的一击——他的母亲重病住院了。

那一刻，老白几乎崩溃了，他的人生为何如此艰难。就在他连日低落抑郁的时候，他想起了自己曾读过的一本书——《钢铁是怎样炼成的》。很长一段时间里，他几乎是靠着保尔顽强拼搏的精神重新振作起来，苦苦支撑，他虽然再次被生活打到，却并未向它低头。老白几经谋生，最终跟人学了修鞋，并以此为生，一干就是32年。

日子终于平静下来，也再次一天天好了起来。老白又捡回了读书的习惯，买书抄书，是他日常闲暇时光里最大的爱好。可书读得多了，却无人可分享，无处诉说心得。时间久了，老白逐渐开始跟客人聊起天来，从最初的不好意思多说，到如今的侃侃而谈，从最初的没有条件读书，到现在的随时可读书，老白的这一路走得确实很不容易。

到此刻，我才真正明白，老白的"能说"究竟源自什么。他大方又自信的谈吐背后，蕴藏着如此漫长又艰难的过往，也饱含了他由少年时代就扎根的读书梦。

我感到无比羞愧，为之前在老白谈论文学时表现出的不耐；我

也无比敬佩，为老白这大半生对文学和读书的坚守。

后来同他告别，我回家后酝酿了好长时间，用大篆《大盂鼎》里面的笔法为老白写下了"不容易"3个字。

《冈仁波齐》

在朋友的推荐下看过《冈仁波齐》这部电影好久了，但每当自己内心不平静感到彷徨的时候，或者做什么事情感到气馁的时候，这部电影的所有画面就会全部涌现在我眼前。

"今年是马年，冈仁波齐的本命年，我们一起去朝圣吧"，在父亲去世后，尼玛扎堆决定完成父亲的遗愿，带着叔叔杨培去拉萨和冈仁波齐朝圣，他的行动搅动了西藏芒康县这个叫普拉的小村，消息传出后，村里很多人都希望同往。这一年刚好是马年，冈仁波齐的本命年。对于希望同行的村民，尼玛扎堆一一欢喜接纳。就这样，一个古老的村庄里11位各有故事的普通藏人各自怀揣着不同的希望，一辆上边写着扶贫资助的拖拉机装载着他们一路所需要的物资，在亲人和村民的注视下踏上朝圣之路。

影片没有太多台词，也没有优美的音乐，更没有华丽的画面和背景。画面中那个觉得自己杀生太多每天用酒来麻醉自己的屠户，那个为了照顾 3 个年幼失去丧母的侄子一生未娶的杨培，那个家里事故不断想去朝圣的小伙子，那个因为父母要去朝圣无人照顾而跟着父母一起朝圣的活泼可爱好动的扎扎小姑娘和身怀六甲的孕妇给我留下了很深的印象。他们中，有为了孩子去朝圣的，有为了完成叔叔的心愿去朝圣的，有为了赎罪去朝圣的，有为了亲人去朝圣的。我的耳边依然回响着他们在上坡拉不动车斗时为了给自己鼓劲唱的那首歌："我往山上一步一步地走，雪往大地一点一点地下，在和雪约定的地方，想起了我的母亲。我们都是同一个母亲，但我们的命运却不一样，命运好的做了喇嘛，我的命运不好去了远方……"导演用最平静的镜头传达出直击心灵的震撼，这种震撼是无法形容的，究竟是什么样的信仰使他们这样的虔诚，我无法感受，却被他们的淳朴善良和为信仰无悔付出的行为深深感动！

　　朝圣者们沿着 318 走柏油路，翻遍雪山，踏遍山路，时而暴雪，时而大雨。磨坏了鞋子，磕破了额角，为了心中的诉求虔诚且心存善念，每 7 到 8 步就五体投地磕一个长头，匍匐中遇到过路的虫子时会停下朝拜目送虫子离开，只因害怕起身时伤到虫子。偶遇四川雅安的朝圣夫妇，会热情赠送食物。命运好像就是要给这些信徒一些阻碍，突然一辆白车将他们的拖拉机撞到了旁边，他们理解肇事者的不易，留下坏的车头，男人们被迫合力用自己强壮的身体代替发动机拉着那个装满生活用品的车厢继续前行，拉累了放下车厢，又从头补上他们没有磕的路，重复又重复。在然乌旺波密的途中遭遇雪崩落石时仁青晋美不顾个人安全，冒着危险用身体护住女儿扎扎。孩子出生了他们欢喜地迎接新的生命，平静地送走了完成心愿死在冈仁波齐神山上的杨培。路过水路，他们丝毫不怕弄湿衣服，依然虔诚地匍匐爬过。一路上他们相互照顾、帮助且非常团结。他们在朝圣的路上帮助别人犁地，也遇到热心的路人邀请喝茶留宿，到达布达拉宫时因盘缠用尽而去打工，替腿脚不好的房东磕十万长头圆了梦想。经历了一年四季，磕着长头行走了 2500 千米，经历肉体和灵魂的双重磨难，直至抵达他们心目中最神圣的所在。

朝拜的形式各不同，信仰未必全是迷信。他们的每一下叩拜，虔诚感动天地，感染着每一位观众。我对他们很敬佩。他们帮助别人，也被别人帮助。更懂得感恩。他们除了为自己去磕头朝圣，还为那些不能去朝圣的更多的人磕头朝圣。尽管虔诚不一定能改变事实，但能够体现出一个人内心深处的精神追求，一种向善向美的追求，潜意识里的愿望，改变对待事物的态度和行为，这种精神力量可以带领着自己去心向往的地方。人生本来就是一场救赎之旅，我们被锁在钢筋水泥的城市，而他们走的是我们未曾经历过的别样人生。

他们走走停停，不抗拒麻烦，不拒绝波折，不害怕无偿，没有眼泪，没有抱怨，他们遭遇种种的艰难危险不自欺，不急不躁始终心无杂念。他们的虔诚和善良不仅仅体现在他们的磕头和朝拜，更体现在做人做事。因为他们自己知道自己终将要去哪里，所以心安理得地面对发生的一切。接受、面对，理解、放下，然后歇息片刻，继续上路。而我们每一个人的人生路上，走上坡路有时，不顺走下坡路时更可能会打滑！艰难有时，得意更有时，这每一时每一刻，其实都是我们的修行。这个世界上没有什么生活方式是完全正确的，神山圣湖并不是重点。我们不妨慢下来，接受平凡的自我，同时不放弃理想和信仰，热爱生活。因为人生的路上我们不知道终点，我们都在路上，所以不必急！

杨建明的苹果梦

认识杨建明是在 5 年前的一次县会议上，他和我是邻座。

快散会的时候，表姐打来电话，让我帮她买 10 箱最好的苹果。这话被杨建明听去了，只见他顿时像打了鸡血一般，等我挂了电话，便热情地给我介绍他家的苹果。他自信又骄傲的语气让我觉得，他仿佛说的不是苹果，而是他家的一件什么宝贝。

午饭过后，杨建明邀请我到他房间品尝苹果。我有些想笑，这人到县里开会还不忘了带上苹果宣传。

他递上一只洗好的苹果，急迫地让我品尝。

我接过他手中的苹果掂了掂，感觉足有 8 两多重，鲜艳通红的品相散发着诱人的光泽，确实个大颜色好。我轻轻嗅了嗅，一股淡淡的清香扑鼻而来，这味道也着实比一般的苹果诱人。我一口咬下去，顿时汁水四溢，香甜的滋味迅速蔓延全身每个细胞。这苹果的甜度恰到好处，浓一点太甜，淡一点则味寡。再咬一口，苹果的汁液宛如蜂蜜，直甜到人的心尖。

他见我吃得享受，这才咧着嘴说："我没骗你吧？我家苹果绝对没得说……"

听着他开始全方位地介绍他家苹果的好处，我一边啃着苹果，一边想起了自己对苹果的记忆。

苹果不是稀有水果，也不是昂贵水果，在我小时候，每到苹果成熟的季节，母亲总会去村里苹果大户人家买上好几蛇皮袋，让我们解馋。然而那时的苹果皮厚，吃起来有些涩，汁水也不足，所以我对吃苹果没有多大兴趣。等到长大了，偶尔会去超市买些苹果吃，但无论哪一种，似乎都没有今天这个苹果好吃。见杨建明仍在滔滔不绝，我向他请教种出这美味苹果的秘诀。

他听了这个问题，比我要买他的苹果还兴奋，他像是突然变成了一个演说家，手舞足蹈地讲起了自己种植苹果的过往。

原来他是庆阳农校果树专业的毕业生，种植苹果有 10 来年了。才接触果树种植时，他自认有专业本领，定会在苹果种植上有一番大作为。可事与愿违，他曾经历过七八年的低谷期。那几年苹果行情不好，价格低，加上他的理论并不能完全用得上，导致他信心大跌，一度转行做别的事去了。直到 10 年前县上大力扶持苹果产业，他又萌生了回乡培育果园的想法。说干就干，这次他下定决心干出个样子来。为了提高自己的种植技术，他多次自费到山东栖霞、陕西杨凌实地参观学习，遇到问题时不惜向外地的专家请教。经过 3 年的精心种植，他的苹果终于跻身市场"一线"，成为百姓称赞、客户争抢的一级好果。他的苹果种植事业并未就此止步，他接着又成立了宁县陇庆丰果业农民专业合作社，新建了 11 亩乔化短枝密植果园，不仅带动了村里农经发展，也让百十户的村民们靠种苹果富裕了起来。

苹果吃完，我对他竖起了大拇指。几乎 20 年的坚守，这不是人人都能做到的，他在其中也经历了诸多的坎坷，譬如家人的不理解不支持，才开始创业时的无资金周转，2012 年 5 月的冰雹导致苹果园损失惨重，以及 2018 年的寒流冻害使果园几乎绝收，杨建明回想起来这些不禁面色戚戚。好在他都咬着牙挨过来了，在哪里跌倒就在哪里爬起来，如今他的果园一片欣欣向荣。

一席话谈完，我也明白了这苹果个大味甜的缘由，对他更加敬佩。如果不是对这份事业的热爱，他又怎么会开着会还背袋苹果见人就宣传呢？

我很喜欢董卿的这句话：梦想是我们生活的动力。对于杨建明而言，苹果便是终其一生追逐的梦想。

角亭里的秦腔

小区里那个爱唱秦腔的保洁大姐辞职了。

她被业主们称作"张大姐"，今年50出头，虽干着风吹日晒的工作，却保养得极好，看起来像是40多岁的人。张大姐叫人熟知的一个原因是，她很爱唱秦腔。无论是在楼道里搞卫生，还是闲下来站在小区门口，她都会随性唱上几句。她本人又爽朗热情，业主们也乐得听她唱秦腔，碰上了总会聊上两句。然而也并非人人都喜欢，有个性情暴躁的业主曾经因此投诉过她，说她这样影响人们出行。张大姐很委屈，她不明白唱秦腔怎么影响到别人了。不过为了这份工作她还是为此妥协了，不再在上班时间唱秦腔了。

张大姐唱秦腔，改为下班后去小区角亭了。记得有天，我因什么事要从角亭经过，看见她坐在角亭的石凳子上，屁股下垫着一块厚厚的泡沫，旁边放着她随身带的买菜包，两手摆起姿势，便咿咿呀呀地唱了起来。坐在角亭里的张大姐，唱起秦腔多了许多认真和自信。许是因为她在休息，以一个普通居民的身份唱歌妨碍不到谁，她放开了许多，腔调也比以前好了许多。然而这时，曾和她因此发生争执的业主也恰好路过，看见唱曲的是张大姐后，狠狠地瞪了她一眼。张大姐显然看到了，她愣了一下停住声音，却突然想起什么，以更高的声音在那人背后唱了起来。秦腔独有的浑厚加上她特意拔高的强调，突然生出一股盛气凌人的气势来。已走出挺远的那位业主，这时又回头看了一眼，却没再表现出什么。

自那以后，张大姐时常去角亭唱秦腔。有时是她下班后，有时是她倒休时。角亭里还有个常来拉二胡的，两人一唱一和倒还挺有意思。哀婉悠长的二胡和女声秦腔的组合，竟然莫名的和谐。

天气暖和又休息的时候，张大姐没事就在角亭里坐着。她虽然在唱秦腔上区分了上下班，在其余的方面仍是照旧。譬如她的热心肠，即使休息时，有人央她看眼孩子，或者帮忙取个快递、带个路什么的，张大姐都痛快帮忙。业主们更加喜欢她了，常常拿给她水果或者别的什么东西，作为对她热心的感谢。张大姐每每都拒绝道："都是举手之劳，没什么的。"甚至于那个投诉过的她的业主也给她送过小礼物，原因是张大姐带着他患有阿尔兹海默症的母亲回了家。那位业主后来大有改变，还专门去听她唱曲。他久久地站立在角亭的另一边，那一刻，他似乎听懂了王大姐的秦腔。

秦腔的文化意义是传承，而张大姐的所作所为也是传承。她传承的是中华文化的美好品德，助人为乐。

然而就在业主们和她相处越来越融洽的时候，张大姐离开了，她要去上海女儿家帮忙照看孩子了。临走的那天，她在角亭里唱了新学的曲子——《大树西迁》，以此作为告别。

或许在另一个绿树成荫的小区里，仍旧有张大姐唱着秦腔的身影，继续散发着自己的光和热。

瑞居书院参观小记

"梅子金黄杏子肥，麦花雪白菜花稀。"

每每读到这类田园诗，都叫我无比心神向往。尤其是我久坐办公室又热爱文学，更加向往回归农家生活的场景。恰好前几天县政协文史委组织活动，我作为委员有幸受邀前去南义乡瑞居书香文化大院参观，算是圆了我下乡采风和奋笔创作的梦。

瑞居书院坐落在南义乡马泉村北坳，我们一路观赏，看了吴塚村的千年古槐、南义街东的古城墙遗址、北庄村的井圪捞义井遗址，最后到了文友左瑞英左瑞杰之父左立彦老先生建办的"瑞居书香文化大院"，简称"瑞居书院"。

正是麦苗拔节、万木吐绿、绿杏酸牙的时节，我们望着掩在红瓦白墙、绿树丛荫之中的瑞居书院，心生清爽惬意。走近院落，门匾上书的"瑞居书院"4个大字落笔大气，别有风致，据说是大儒书法家怀清堂李嘉湖老先生亲笔书写的。进入前院，文化小广场左右各建有两个亭子，一个名"问稼亭"，一个名"耕读轩"。"问稼亭"是指主人在农耕闲暇之余向农伴询问收成，替百姓们求丰收之寓意；而"耕读轩"则是劝勉各方来客们躬身细读，传承国学经典。

再往里走，内院大门左右分别有书画名人安石、李鼎锋和郭列平、秦理斌题赠的"惠风和畅"和"群贤毕至"赐笔的中堂两幅，配联"云山起翰墨，星斗焕文章"和"静坐观众妙，端居味天和"，瑞居书院介绍人说这是体现"礼""和"2字。

进入院内，左边是以文艺演出舞台为主题的书画展览厅，展厅上有条幅"崇德尚文、泽富育人、厚植文化、守正创新"一行字，道出主人创建瑞居书院的初心和主旨。墙上除了白正旺书写的榜书"北豳遗风"和摆放的"清风雅怀""读书明理""孝礼件家"等中堂书画作品外，还有瑞杰、瑞英2兄弟母亲的"针工绣品"及亲手纳的布鞋照片。中间是著名的泾川青年书法家刘小龙写的对联"与有肝胆人共事，从无字句处读书"，以及左瑞杰写的斗方"孝"字。和舞台相对的是传承讲堂，也叫名家书画交流室。这个交流室不仅仅是书画爱好者交流的场所，也是一个小小的家庭图书阅览室，是瑞居书院主人的家门父子以及乡邻们，在农活闲暇之余来读书看报和学习交流的地方。更重要的是，这里已经成为本村孩子们国学文化传承的大讲堂。瑞居书院共收藏阅览书籍130余种1800余册，设有流动阅览座位30个。

往上看去，书院正中的2层小楼被命名为"瑞居孝贤礼和文史书馆"，门头正上方是左瑞杰写的"瑞居福昌"4个字，文史书馆收藏书画名家文作76套314条幅。除文人书画收藏外，这里还有左立彦的羊毛擀毡技艺非遗作品。那一张张毛毡以及毡靴让我回想起艰苦年代，左立彦凭着精湛的擀毛毡技艺养活了一家人，他不仅凭手艺挣钱供子女上大学，更明白读书知礼、读书明理的重要性。正因如此，他也培养出了瑞杰、瑞英两个文采斐然的杰出青年。

在参观当中，年过半百的左立彦老人一直随着我们进进出出，微笑着看大儿子左瑞杰为我们讲解。作为书院的主人，他天天浸淫在这些传统国学文化和书画里，然而又能跟着我们再次陶醉其中。从他泛着光的眼睛里，我似乎看到了一卷卷历史在他的眼前展开，也似乎看到了他为此艰辛付出的过往。他弯着身子边走边看，我没有去打扰他，也没有去和他交谈。我想在他的世界里，除了培育儿女和传承国学文化，还有着自己的精神源泉。他对文化的热爱，对传承的坚持，是在场之人谁也比不上的。平凡又伟大，说的就是这样毫不起眼却又胸怀大格局的人。

瑞居书院和它的主人一样，像一道文化之光，照亮了方圆百里的人们，让闻惯了泥土气息的庄稼人也能感受到知识的力量，让忙完农活的村民们也有了休闲娱乐的好去处，同时也让新一代青年和孩子们在文化的滋润中不断向下，向下扎着文化传承的根，也不断向上，向上展示着他们的梦想。

吃茶去

茶友们

周作人在《喝茶》里写道："同二三人共饮，得半日之闲，可抵十年的尘梦。"对爱喝茶的人来讲，三五茶友坐在一起，共同品味一道好茶的同时，在一盏茶的时光里感悟时光漫漫，确属人生一大快事。清平茶叶店，便是我常去和好友吃茶的地方。在这里，我一小半时间独饮，一多半时间和各路茶友们畅谈，其间碰到过很多有意思的人和事，也从中得趣。

"猴姐"和孩子们

"猴姐"是茶叶店的老板娘，她其实姓侯，因本人热情好客，性格活泼开朗，又是快人快语急性子，一来二去和大家都熟了，得了这么个名号。在我看来，猴姐是最懂茶的，除了对茶叶茶性了解透彻之外，她本人也有喝茶品茶的好功夫。她对茶是极严格的，比如泡茶过程中茶叶克数不足、热杯不到位、注水比例没算好、注水速度不够快、出汤速度慢等诸多问题，她都能在第一时间品出来。至于那些泡茶技术很差的，猴姐在尝过之后会毫不留情地将茶泼掉，绝对不会再喝第二杯。以至于茶友们泡茶都是战战兢兢的，生怕自己泡的茶被泼掉，那无疑是说自己完全不懂茶。好在我泡的茶她每次都会喝下，但兴许也不是我泡茶的技术好，而是她或多或少给我留了一点面子。

猴姐除了我们这般的茶友，还有几个小茶友，那是她儿子和小朋友们。每当猴姐的小儿子从幼儿园来到茶店时，身后都会跟着几个小玩伴。只要有人在泡茶，他们就会端着各自的品茗杯，等着泡茶人给自己分茶。四五岁的一群小孩，有模有样地喝着茶，不禁让众人莞尔一笑。

眼眼

眼眼是茶友中最忙碌的一个，他总是火急火燎的。正因如此，每天店主都会煮好茶等着他，以保证随时来店里歇息的他能喝到茶。眼眼其实是整个县城石眼水的代理商，有专门送水的员工，但他有时也会亲自送水。石眼水是所有纯净水里泡茶最好的水，是从地下岩石水中直接过滤的纯净水，深受茶友们的喜爱。眼眼每次匆忙来坐坐时，都会讲些跟茶有关的事情。他本人不仅爱喝茶、会喝茶，也很懂茶，只是泡茶技术不太好。记得第一次在茶叶店里见到他时，他以为我只是来买茶叶的普通顾客，便同我高谈阔论起了茶艺。未等我接话，店主先是捧腹大笑。店主告诉他我算是比较懂茶的常客，眼眼摸着自己的脑袋，有些不好意思地笑了笑。

自那以后，我同他也渐渐熟了起来。眼眼性格很好，任谁开玩笑也不生气。我见他大眼睛高鼻梁，即使风吹日晒雨淋也皮肤白皙，看起来很秀气，便总说他生得"天生丽质"，他都仍是笑笑。

"玛利亚"和她的老公

玛利亚和她的老公虽然年轻，但都是资深茶人，两个人都喜欢喝生普。他们在茶店的隔壁开了一家内衣店，生意很好。两人都各有忙碌，玛利亚经营内衣店，她老公开装载机。她本名也不叫玛利亚，因她有一头卷发，圆圆的眼睛圆圆的脸，很像油画中的俄罗斯女人，所以茶友们根据她名字的谐音叫她"玛利亚"。每次我们一起喝茶的时候，她要么坐在靠门的茶桌前，要么端着茶杯站在门口盯着自家店，一小口一小口啜饮的同时，也生怕错过了生意。

玛利亚的老公是我们茶友里泡茶技术最好的。只要他休息，大家一起喝茶时，坐在茶桌上泡茶的那个人一定就是他。他和玛利亚都胖乎乎的，只是他看起来要比玛利亚健壮结实许多。他属于比较木讷的人，但他泡茶时的一招一式，确实叫我们赞叹。同样的茶经过他的冲泡，似乎品位都提高好几个档次。他除了爱喝茶，也跟着茶友学吹箫，并且吹得有模有样。每每看着这年轻的小两口，一个吃茶一个吹箫，一个泡茶一个煮饭，都感到一种幸福。

老郑

老郑和我一样都是公职人员，只不过我是一般干部，他是单位一把手。老郑是茶友里年龄较大的，但看起来比实际年龄要小上七八岁。他的眼神很清明，让人觉得这个人身上的杂念很少，这是同我们这般茶友不一样的特质。作为单位领导，他不拿架子，为人谦逊，谈吐都很有水平，让人觉得像是同高山隐士论茶道。

老郑的茶艺也不错，但看他泡茶是其次，重点是听他吹箫，他是茶友里吹箫最好的。他吹箫时底气十足，用气均匀，吹出的音调特别干净。我最爱听他吹《长相思》，每当他的箫声响起，我总会想起在西安看《长恨歌》的情景。时空交叠，似乎看到老郑穿着古装在台上演奏。又一帧画面闪过，似乎看到他仙衣飘飘地走进深林，一人独奏着世间最美的曲子。

茶是有温度的，是能叫人从中有所感悟的，也是充满人生意趣的，有这些茶友相陪，短短的道途上便多了许多欢乐。

茶和书

问：读万卷书和行万里路，两者关系如何？答：没有两者，书就是喝茶人的路！读书如同访老友，每一次攀谈，都是一场心灵的对话，都是一番不同的体验。

喝茶如同读书，越往后越能品出意思。

饮茶伴随了我5年之久，如今已成我的日常习惯。手边一杯茶，似乎时光就有了温度。正像是桌上一本书，人生也有了不断向前的力量。

茶中日月长，书中黄金玉。

说的正是这个道理，从茶和书里品阅人生的道理。

茶汤才开始一定是苦的，是寻不到甜味的。及至过半，口腹里才有些甘甜的意思。这过程里，用清水煮茶，看新绿初开，感受着蜷缩的灰绿重焕生机，在滚水中被唤醒，变成如同茶树梢上的嫩绿，再几经浸泡，最终又变得灰绿。直到呷下最后一口茶，这才在茶的回甘里，体悟到饮茶的快感。吃茶，让苦涩、甘甜、冷暖和浓淡都在这方寸里显现，让浮躁之心渐渐澄澈，等水清了，茶淡了，人归于静了，人生的道理也从茶盏里浮现上来。

苦而后甜，耐得住寂寞便有敞亮的未来。

而读书，也正是这个过程。从才捧着一本书的晦涩和枯燥，到后来渐入佳境的愉悦；从才开始的迷茫到最后的百般感悟，总让人在读书里最终有所收获。一个人若是能忍受翻页的枯燥，那便也没什么不能忍的。正如人生路上的各种挫折，一座山一座山地翻过了，才会发现，人生真的有无限可能，而自己也有巨大的能量。

喝茶教会我们耐心，和脚踏实地。泡茶，不是一件简单的事，从烧水、洗杯到品茶、敬茶，每一个细节都需要认真对待，才能泡出一杯优质的茶。我们人生路上的每一个脚印，都需要自己扎扎实实地踩出来，没有不劳而获的事情，一分努力就有一分结果。

读书教会我们沉心静气和理智清醒。书卷从不会过于热烈，只会绵绵浸润我们的整个身心。在接连几个下午里，一页一页地翻完一本书，最终获得的不只是一个有意思的故事，同时也是在修身养性。当下从书里得到的道理或许并不多，可时日漫长，经过不断地反刍，你从书中学到的知识道理，总有一天会叫你受益。

茶能磨炼人的性情。每一片茶叶都来自深山，经过风吹日晒，忍受蒸煮挤压揉，昼夜转换，再经由舟车劳顿地运送，跨越千里，方才来到我们的杯盏中，化作那一丝甘甜。一口茶到嘴里，像能领略到这一路的艰辛，等茶再到肚腹里，也就更能明白制茶的不易了。在日积月累的品茶里，再急爆的性子也都磨平了，再烦乱的情绪也叫这茶抚慰得熨帖，直到最后，整个人都看上去云淡风轻。

书让我们更加豁达。它是诤友，也是忠实的伴友。你若一时迷了方向，读书可以让你明智，让你抛却心中杂念，重回到人生的正途上；你若不甘心自己的平庸，读书可以让你自信，它始终伴你左右，向你输出积极正面的知识，让你对自己的未来更加坚定。足够勇敢和自信，你的人生便已是不平凡的。

能常喝茶和读书，实乃人生的两大幸事。

儿子的爱心茶屋

我们一家人都爱茶。

我家阳台上简易的茶具里常煮着两种茶，一种是老公爱喝的普洱茶，一种是我自制的花茶：正山小种里加了玫瑰、红枣、枸杞、桂圆和陈皮，很补身体。

准备煮茶时，儿子跑过来给我递这递那，等一切就绪，儿子却趴在茶几上画着什么。我问他在干什么，他说给泡茶的地方起了个名字，叫"爱心茶屋"。他要当茶屋的服务生，现在他正在设计茶屋的服务种类。

不一会儿，茶煮好了，儿子的设计也完成了。

我打开他的"茶单"，第一张纸上画了4个红心，红心里边写着茶屋的名字，这下面竖着又画了两个爱心，写着"菜单"两个字。第二张纸上是目录，依次有茶类、点心类、休闲类和服务类，茶点类有大红袍、普洱、花茶、老白茶等，点心类写着绿豆糕、奥利奥、薯片、瓜子等他爱吃的零食，休闲类指的是《女人的资本》《明朝那些事》《鲁迅散文集》等我常看的几本书，最后是服务类，有按摩、捶肩捶背等服务项目。每个项目后面是标价，而标价处却画了两个红唇。我不明白这是什么意思，才上小学的儿子害羞地跟我解释，说爱心茶屋的所有项目都不收费，只要爸爸妈妈亲他两下就可以。

看到儿子的创意，我心中有内疚有感动也有欣慰。因工作缘故，我们不能常陪在他身边，然而他却丝毫不在意，知道我在读什么书，知道爸爸喜欢什么，用自己的方式默默地爱着我们。

我抱了下儿子，问他现在可以点单吗？儿子点点头，马上噘起小嘴要付费。我笑着亲亲他后，说需要捶肩膀服务。他从我的怀里挣脱出来，用小手轻轻地给我捶起背来，一边捶着还一边问我是轻了还是重了。那一刻我的心融化了，顿时觉得再苦再累都值得。

这些年，我总奢望着有天不为生计发愁，也不必再为事业拼搏的时候，能开一个茶坊，好安度晚年。如今我的奢侈愿望竟被儿子实现了，他用自己独特的爱提前叫我过上了这种生活。

吃茶去

喜欢上了喝茶，就觉得茶的确是好东西，不同茶香味，就有不同分寸感。干茶清香、点茶幽香、壶盖香甘、沦茶香柔、盏底香浓、淋壶香烈、注茶香逸、凉后香冷、茶汤香真。喝茶不仅能温和脾胃润泽五脏，长养精神，益气生津，还能提神醒脑使人形神俱清，让人时刻保持愉悦的心情，更能让人变得沉稳冷静，使人净化心灵，洗涤灵魂。久而久之就会让人有生气、灵气、正气、意气。茶吸天地日月之精华，占尽五行八卦，金木水火土没有一样不占它，受风吹日晒雨淋，被铁锅炒，被开水泡，虽受人间煎熬，却回馈给爱茶人自己独特的香气。

像往常心情不好时一样，我来到了这家只有方寸大小的茶叶店。

茶叶店的名字叫清平茶叶店，店老板比我略小些。第一次去他店里时，他还是个才出社会没几年的大小伙子，正端着簸箕细心地挑拣茶叶，见了客人还有些羞涩。如今 10 年过去了，我们都成熟了不少。尤其是他，除却一开始的诚信、专注、细心，人也变得开朗起来，谈笑自若。

傍晚店里人少，只有店主和一位茶友在专注地吹箫。我在茶桌旁坐下来安静地听他们吹奏完《女儿情》《长相思》《释谈章》等几首曲子，白天里的烦躁情绪顿时烟消云散。他们说我来得正是时候，就缺个泡茶的人。温杯、烫盏、投茶、出汤，我一气呵成，随着他们的曲子认真完成每一个环节。常年浸淫在茶场里的老茶客，对茶汤的口感是极刁的，却对我的这盏茶竖起了大拇指，无疑是对我泡茶技术的认可。

我从最初的不喝茶不懂茶，再到后来爱喝茶、了解茶，以及煮茶煎茶，都是在这家茶店里学会的。

除了喝茶泡茶，我也常在店里坐坐，看看不同的来客，给自己的心灵放空，思索着各番人生道理。店里来客不少，有专门来此的茶友们，有切磋音律的文人雅士、箫友、琴友等，有工作之余偷得半点闲来喝茶的忙人，也有赶脚来讨一杯茶的路人，还有因老板心善而来免费喝水的环卫工人们。有的人匆匆来去，有的人能坐小半个下午。一部分人只身来静静坐着，不知在想些什么，或许是染了尘埃的旧事，又或者正迷茫未来，这就无人可知了。另外一部分人会彼此谈笑，去比试琴艺，或者讲讲连日的趣闻，互相增长些见识。无论哪一种人，都叫他的茶室热闹起来。

这茶店不大，算不上雅，也谈不上安静，却让茶客们来了第一次就会再来第二次。

这茶室引人流连忘返的背后，在于它有个好老板。他不吝啬给干苦力的劳动者们提供歇脚的地方，也不怕赶路人来讨杯水喝。茶室的门边桌上，总会有一壶蒸煮的生普，或者是陈皮老白茶，那是给人随意饮用的。凡是进店的客人，不管是生客还是熟客，只要想喝茶，他一定会认真耐心地冲泡，并给客人讲授茶知识。每当我一个人来喝茶时，他都会趁闲陪我一起喝茶聊天。

从茶里便能看出一个人的品行和为人处事之道。他无论是销售茶叶，还是给爱茶人传授茶知识，都用茶带给来客们舒适的体验。他用他的茶，在这个方寸间的小店里，带着爱茶人领略茶山的云雾缭绕，感受茶汤的百般滋味。或许这也是他的煮茶道理，有付出才有收获。他用一盏盏茶热情细心地服务了来客，也因此得到了越来越多的回头客。

茶里更藏着一个人的世界观。曾巩说："一杯永日醒双眼，草木英华信有神。"一杯茶喝下去，心清了，眼睛也就醒了，也就能更好地看清这个世界，心明了，眼睛也就亮了，因为只有安静清醒的时候，眼睛才能看得透纷纭是非。有位远方的行脚僧问赵州禅师什么是禅，赵州禅师问他曾来过赵州否，行脚僧说从未来过，赵州禅师一笑说："吃茶去！"又来一位行脚僧，还是请教禅师什么是参禅，禅师还是问了同样的话：曾来过赵州否？这位行脚僧说："我是来过赵州的。"赵州禅师还是笑了笑说道："吃茶去！"寺中的弟子越看越不明白，问师父，为什么来过赵州的和没有来过赵州的都让他们"吃茶去"呢？赵州禅师还是淡淡一笑，跟弟子们说："吃茶去！"这个著名的禅宗公案故事正是人们所讲的茶禅一味。"吃茶去"这3个字胜过了万语千言，所谓茶禅一味，可能就是我们曾来过这个地方，未曾来过这个地方，曾遇着一种欢喜，未曾遇着一种欢喜，荣辱沉浮人间世事，如果你肯吃茶去，你就会知道答案来自本心。如果没有这一盏清澈的茶，如果不肯宁心看见内心的解答，如果不肯看见内心的解释，就不会了解茶的滋味，更不会懂得人间世事！

　　放下盏茶走出店外，我也从方才的茶里又得到了一些道理，那就是，人生如茶，饮下苦涩，便有回甘。

　　我听着风从耳畔吹过，心里轻松了许多。

在飞机上读书

"女士您好，距离目的地还有 1 个小时零 5 分钟，请问您需要什么服务吗？"在空姐热情的询问中，我才反应过来自己在飞机上，调整了一下坐姿，也才发现手里一本厚厚的书已接近尾页了。

有多久没有如此认真地读完一本书了？将剩下的几页读完之后，我陷入了对书的思考。

在飞机上，不能玩手机，也没有其他娱乐活动，这才能带着认真和尊重去读一本书。这话说起来，像是在怪罪科技发达才导致的人们不爱读书。可事实也没错。从前物质条件差，人们只能从书里认识和了解外面的世界。现如今网络通信发达，人们可以轻易获取外界信息，书籍对人们的吸引力也大大减弱。我并非是在为自己不爱读书而辩解，只是试图讲明背后的部分原因。除此之外，压力爆棚的工作，养育老人和儿女的重任，干不完的家务事，叫人心烦的人际交往，也叫现代的人们越来越没空去专心看一本书。人们得一点工夫宁愿看短视频，也不愿意去读书。一本浅薄的书，往往翻几页就可以察知它的浅薄；一本很深刻的书，却多半要仔细读完了之后，才能体会到它的深刻！实际上，面对一本深刻的对自己有影响的书，读它的时候不是读，而是把美丽的词句含在嘴里，啜糖似的啜着，品烈酒似的一小口一小口品着，直到那词句像酒精一样溶解在我们的身体里，不仅渗透着我们的大脑和心灵，而且在我们的血管中奔腾，冲到每根血管的末梢！

当然这里面最重要的原因，还是在自己。这年头，爱读书爱写作的人也大有人在，他们能做到一个月看几本书，一年能写多少篇书评。他们除了对书的热爱和坚持，也能真正意识到读书的好处，能从中汲取所需的能量。

常读书的人和不读书的人，气质是不一样的。不说读书人才高八斗学富五车，至少他们眼里的世界是更有深意的，更有哲思感悟的。对待同一件事情的看法，爱读书的人，也总能有些独到的见解，这是拿什么都换不来的。

没错，知识是什么都不可与其等价的。读书太重要了，它能让人看懂世界，能让山沟穷苦的孩子翻身，能让人从沟底里爬出来，也能让人更加自信勇敢地面对挫折和磨难。尤其是，人生不会按我们想要的方式进行，迷茫失意时如何自洽，落魄受伤时怎么逆袭，旁人是帮不了太多的，只有靠自己一步一步走出来。而这背后支撑自己的力量，便是从读书中获得的能量。等走过低谷，总会发现，照亮自己前行之路的，一定是曾经读过的书，从前得到的某个人生道理。

读书并非一定要像个老学究似的去钻研，去完成任务，而是放松心情地去感悟去理解，读什么书都好，只要能有所收获；读书也并非一定要捧着一大本纸质书，时代发展的当下，电子书或者是各类平台的短文，我们都可以拿来阅读，百字文也有百字文的学问，用什么介质读书都好，只要能感受读书的妙处。

　　书不是胭脂，却会使女人心颜常驻；书不是棍棒，却能使人铿锵有力；书不是羽毛，却能让人飞翔；书不是万能的，却能使人千变万化！虽然我们不知道未来的路，但我们一定要朴素地生活，对所有热爱的事情都要不遗余力！比如读书！甚至于，在哪里读书都可以，飞机上或者地铁上，总能在片刻的读书时光里得以顿悟。

向内生长

　　我想花开的时候，一定不在意花开的姿态。它酝酿一整个冬天，经过雨雪风霜，也经过干涸枯败的风险，最终迎着风悄悄地盛放了。每一朵花瓣的脉络下，都盘错着太多的故事。这也是为什么即使花败了，也不就此委顿的缘故。花朵施施然地随风摇摆着，脚下是无数走过的风景，它只释放出一半的漂亮，另一半继续留予下一个春天。花有时候比人聪明，更懂得留足力量向内生长，否则一朝花谢，它又该何去何从呢？有关外在美还是心里美的辩题，人们已争论了上千年——而我用一朵花来表明观点，作为美貌象征的花是最具有论证力的，当然是内在美更重要。

　　苏格拉底有句话是，内在美是一种永恒的美，它不会随着时间的流逝而消失。这话是极度正确但又难以实施的代表，正如人们常说的，"懂得许多道理，却依旧过不好这一生"。大部分的普通人太普通了，普通到每往前走一步都充满了艰辛，于是希冀着各种不切实际的幻想——"我要是漂亮一点肯定会更好""我要是有很多钱就好了"。然而幻想过后，还是得咬牙过着平庸的日子。这时有的人就会心态失衡，嫉妒起外貌好看的人，以为别人单靠一张脸就事事顺意。可他不知道的是，越是漂亮的人越会经营漂亮，越会想方设法地延长漂亮，也就是由内而外地充盈自己。尤其对于稍处弱势的女人来说，要做插在花瓶里的花，还是田野上、山海里年年盛放的花，论谁都会选择后者吧。那么如何让漂亮无期限，如何长久保持韵味，在我看来就是向内生长。

　　向内生长，是指把心思用在提高内在美上。也许有人会反驳，认定不漂亮的人再努力也没用。可是真正凭借年轻漂亮以及自认为的美貌达到某种目的的人，又有几个能经得起岁月的洗礼？美丽有时候可以成为女人生存的资本，但绝对不是女人生存质量高低的明证。我们要明白的是，即使是靠脸占尽风光的女明星们，在这个世界上的人数占比中也微乎其微。而这些看似靠脸吃饭的人里，又有几个纯粹地当着毫无内涵的"花瓶"呢？再去看不漂亮的人，这基数可就太庞大了，而样貌普通甚至丑陋的人里，能有所成就的人数可是大大超过貌美的明星的。身体发肤，受之父母，这是一辈子也无法改变的事情，所以何必如此斤斤计较。抓住一切机会提高自己，这才是最重要的。也不必为平庸的一生而自怨自艾，我反而认为普通更具有挑战性，因为人生充满无数可能。而"挑战性"和"无数可能"的背后，就需要我们努力再努力，向上再向上。譬如一个稍有姿色的平凡的想要成功的女人，她在年轻时要选择的就不该是凭借容貌走捷径，而应摆脱急功近利的桎梏，让维持容貌的漂亮转移到增强内心的漂亮上来。内心虚无空有其表的人是没有长期生存资本的，要一步一个目标，用学识、见识、胆识不断充盈自己，让内在的能量成为前行路上的底气，让自己在风雨荆途中逐渐收获睿智、果敢和能力。追逐内在美非一朝一夕，须得日日年年的坚持，总有一天你会惊喜而又讶异地发现，一路走来不断生着光芒的自己，这光芒便是你的内在美貌。

向内生长，要让自己获得越来越多的技能。把人生当作一场由自己出演的电影，因为结局不明，反而更容易让人生出兴奋感。一路披荆斩棘，储备不同的能力素养，让自己从外貌普通、能力有限，逐渐变得内心强大、智慧能力并存，这时再看向镜中的自己，我想勇往直前的眼神是最骗不了人的，因内心充盈而生出的自信傲骨是骗不了人的。此时或许可以小小地挑衅一下命运，没错，你战胜了生来平庸的命运。放下偏见，专注自己，收回对外界和他人的不满，认真汲取各种正面的养分，你就算生来如野草，也总会让绿意长满荒山。对于内在的培养，要花心思、花时间，多给自己尝试的机会，像读书一样博学终有一用，咬牙坚持的生长总会迸发出令人赞叹的灵魂。用内在美弥补外貌的缺口，虽然中间走的路繁杂了些，但因此生长的力量是让人极其满足幸福的。未来的每一个意想不到，都是你曾经付出的意料之中。到某个盛放的瞬间，我想你会懂得花开一年又一年的清傲姿态。

"看似寻常最奇崛，成如容易却艰辛。"

与其以美丽的封面炫耀上帝的偏心，不如以精彩的内涵嘲讽上帝的偏心。把"漂亮"当作一种动力，做人做得光明利落，做事做得稳稳妥妥，让内在久经历练后蓬勃。希望每个人在寻常的一生里，都能走过迢迢的山路后，找到属于自己的"奇崛"，它不仅是灿烂的结果，更是踏遍千山万海的过程；它不仅是外在花开的招摇，更是内在无限生机的闪耀。

春日别太溺于茶

是茶总会凉，但也莫忧伤，春来春往，茶凉了可以续杯，生生不息灭灭不已。"几度寻春春不遇"，年年有春天，为什么不遇？也许是在一杯茶汤里耽搁了，忘了推开窗，让春色走进来！今天别太溺茶，还应该写写画画！茶会渐渐地凉，不会因你的执念而一直热着。时光亦然，不因你的主观意识而变慢。大自然也是如此！不因你的多情而让春天提前到来！一切都是因缘的幻生。人在其中只是一缘，亦是幻生幻灭！但人的主观意识，会莫名地给万物下定义，生出自己的看法，执着于自己的看法，结果事与愿违，错过了最美好的时光。

一杯茶是凉是热，都要及时地喝掉，热有热的韵，凉有凉的意。随缘做主，不被牵动，稳稳地安住本位，任它春来春往，水流花开。若对一碗茶怦然心动，那就喝了它。别等，等着等着，茶凉了，香散了。等待是一种状态，无关好坏，有人在等待里遇见了春天，有人在等待里错过了花开。人间，是纠缠的，纠缠当然是因了自己那些莫名的牵挂。对一个人，对一杯茶，若牵挂得深，茶汤就容易凉，人就容易走散。其实，茶汤本来会凉，人也本来就会散，只是自己固执，误会了茶汤！滋味，来自舌尖的牵绊，苦尽甘来，本来如是。但莫名的分别和想念，只是甘甜，不愿苦，如此才创造了"苦尽甘来"这个名词，这个名词只是人间的期盼！

人间多情，总是追求电光火石的快乐，为了追求这种刹那的快乐，从古至今，未曾歇过。琴棋书画，诗词歌赋，插花、行茶等艺术，哪一样不是为了追求这种电光火石的快乐？

时光若流水，谁不愿意在此生过得温润？但又有谁能跳开这个如梦如幻的人间？若跳不开，那就在这电光火石的现实中，随顺来来往往的人群，吃茶的时候吃茶！一杯茶一刹那，转眼已是春来到。华丽的梦不做也罢！梦醒来时，春在枝头花又红。茶汤烫，各自正念！曾经想着有一天手头宽裕有余钱的时候，就找很多好茶，泡在午后的阳光下，伴着一杯清茶，听着禅音，欣赏和享受世界带给我的片刻的安宁！也总以为好茶就是沏茶这一瞬间的荣耀，是喝上去那一刻的惬意。

茶事无事，借茶安心而已！一杯茶，写来写去，无非茶汤、茶空间、茶文化等等。写着写着就疲倦了！不管写多少关于茶的文字，文字语言是有局限的，无论怎么表达都与实际无关！茶文，只是借用茶的行为，在茶闲的时候，表达一种心情，一种状态！

"且将新火试新茶"，期待煮一壶新春的新茶是等待，想喝一盏春茶更是等待开始！人生处处是等待，等春来，等花开，等和一个有茶缘的人一起温壶烫杯共把盏！"坐酌泠泠水，看煎瑟瑟尘。"等是充满希望的，永远都在当下！喝一杯新茶、好茶、香茶是静心的开始，亦是聆听的开始。平日太匆忙，忘了照顾脚下，茶事作为一种缘，把追逐的心拉回当下！

　　茶汤涤心，聆听茶的声音，邂逅花开，遇见满目春色。茶事无事，只是借茶将喧嚣隔离在门外，让一缕光明透进心房，纷扰被照破，悲喜被扫去，融化于一抹光，划过心房的落寞，被这一杯春天的新茶温暖！

一炉雪

　　《红楼梦》里但凡写到雪，那必定是不祥的预兆，譬如刘姥姥讲的"雪下抽柴"的故事暗指大厦中空，平姑娘"雪尽现镯"的桥段是说贾府将败，再有林姑娘的丫头雪雁和宝玉的丫头茜雪，命中带雪隐喻主子的结局……似乎凡事沾了雪都是极不好的，可见曹公将雪的冷寒衰败用到了极致。撇去情感，四季里由春至冬，确实是日渐委顿的。雪的出现，在某种程度本就是苦难的设定。若要取代雪，便只有熬过它，然后等来热烈的春夏。这个"熬"字，便是关键了，把这雪置于炉火上熬煮，火候到了便成了煎茶的春水，火候不到或者过了那就是另一种人生的苦旅了。

　　所以雪小禅的那篇《一炉雪》我很喜欢，里面有句话是裴艳玲同她说的：一帆风顺从来都不是人生，你跑得太快了，连风也听不到，何况那些风言风语。人就像一炉雪，得有风月吹，这炉雪才更见风骨啊。

这里所说的雪有 3 种意思。第一种意思是说可塑造可变化的人生；第二种意思是指挫折苦难，也就是红楼里的种种；第三种意思是指经过挫折困难有所成长收获的人生，也是"熬"的意思。把自己当作一壶带有天地尘埃的雪不断煎煮，直到晶莹剔透的冰被熬出来，化作铠甲附在身上，直到清澈如晨露的水被煎出来，滋润充盈着柔软的心脏，这时挫折被熬出去成为历练了，而成长收获被熬出来化为一身风骨了。

一炉雪的风骨便是这么来的。

在我 40 年的岁月以及驻村扶贫的 3 年里，看过不少苦熬着的人们，他们的人生落了太多场雪了，也结满了冰霜，只是熬出来的春水太少了些也太晚了些。好在今天，他们的日子慢慢都好起来了。如今再看人们生活的巨大变化，我知道春风已然吹遍了大地。

这些年里，我自己也不断地经历着风吹雪打。从小山村一步步到今天的小康生活，从不能继续读大学到今天满屋书卷，从过去疲于奔生活到现在习字喝茶、闲情逸致，我走了太远的山路，经了太多雨雪，又有多少个"然而"的曲折辛酸。我也曾委顿过迷茫过，不甘心不服气，好在生活未把我打趴下，我逆着风迎着山路坚定向上，终究是得来了属于自己的小小山巅。

没有一个人的人生是顺遂的。每个人都有苦难，每个人都在熬，落在身上的雪是拂不去的，只有找来炉火将它熬败熬干，最终才能逆境翻身走出困难，那便是人生的赢家。我不敢妄言，自己除去了所有风雪成了极有风骨的人，但可以说，往后若再有风雪，我是没什么好怕的了。正如我近年来学琴、品茶、练字、写文章，我没法确保泡出的茶汤盏盏口味最佳，也没法预知下一个笔画最合心意，更弹不出完美极致的曲调，但我坚信，经过不断尝试的茶一定是很好的，最后写成的墨字也是圆满的，曲调也会改变我的人生，这样我的人生才会尽可能少留些遗憾。

我曾经希望自己是一座山，是一棵伟岸的树，那样便不必惧怕风雪了。可如今我再看自己，我也早学来了树和山的风骨，踽踽而行，昭昭迎日，风雪来也岿然自若。

我的世界仍旧下雪，然而它并不再叫我生畏了。

就像相隔 10 年再读《红楼梦》，我不会再为大厦倾倒的悲惨结局而落泪了，因我知道，悲剧故事的背后，早就有一座全新的更加坚固的大厦被建立起来了。而大观园里再落雪，那就是能拿来煎茶的美好的雪了。

雪不断落，风骨不断被重构，于人于凡事百般都如此。

一个人的下午茶

今日小雪，但天气极好，太阳暖洋洋的，丝毫没有下雪的意思。有句词是"春水煎茶"，搁到这冬日里，也有同样意境。喝茶可三五好友，也可一人自饮。这日我临时起意，便一人对窗饮茶吧。

阳光透过窗纱，半盏茶氤氲暖室，这就是喝茶的最妙处了，静宜舒适。不多时，整间屋子都生香。沉醉在这茶香里，不免想些旧事。例如久不相逢的旧友，这一生能遇到多少人，又有多少人能相约着继续同行呢；又譬如离别的人生道理，离别有太多种，诀别的，永别的，暂别的，不经意间再也不见的，又或者是郑重道别的。可无论哪种，想来都叫人怅惘。但再想想，离别前有过一段快乐时光就够了啊，人都得走自己的路。

一人喝茶的妙处还在于，自在自得。像陆羽在《茶经》里所写：喝茶是一人得闲，二人得趣。这话在理，诸如喝茶饮酒，人多有人多的热闹，一人也能有意趣。偷得浮生半日闲，管它明日有多繁忙，先取这一下午的乐再说。静静坐着，任思绪放飞，看茶汤由最初的淡变浓，再由浓变为无色。一盏茶的光阴里，叫日子漫漫，让情绪在杯中悄悄沉淀，让喧嚣随着缕缕茶烟蒸发，这一个人的茶才是喝到意思了。

一个人喝茶，喝的不只是茶，而是独自一人的轻松。是繁华过后的宁静，是无拘无束的惬意，更是岁月蹉跎后的成熟。于是学会了在泡茶的时光里感恩大地，学会了在泡茶的恩赐中坦然相对！人生沉浮亦如这一盏茶水，在火热的现实社会中，同一个人生舞台，不同的人却演绎着不同的人生，沧海沉浮，起起落落，看陌生人在你身边来来去去，人之常情！

除了从喝茶里感受光阴，也能在这茶里品味人生。

若茶比人生，便可赞喻为生命的留白。一盏茶里，先开始不过是一撮茶叶，后来便多了清香的茶烟，再看盏中，是渐变的茶色，直到最后，茶占据了整杯水。此时，仍能往这茶盏里添上枸杞、玫瑰、红枣、生姜、桂圆再煮，茶的滋味就又丰富了起来。就这么一直喝下去，一盏茶的时光，静静地喝，让时光在杯中慢慢地沉淀，让喧嚣蒸发，让恬静的状态缓缓呈现，让世事纷扰自心中清空。最后这盏茶又变成原先那样，寡淡的茶和水。你看像不像人这一生，从赤条条来，到半生悲喜参半，人们随着时日变得各有不同，最后再赤条条去？茶和人最先都是抽象留白的，在逐渐丰富具体后，最终仍会趋于寡淡，直至无可用处。

所以啊，品茶也是一种心境，是修寂、求寂！真正的寂是一种生生不息的虚静，空灵！独处是高于社交的能力！一个人独处时才能够越来越接近自己的真相，不受外界的干扰！一个人，空，故纳万境；静，故了群动。心不空虚就看不懂这纷乱的世界！这是向内认知自我的过程。尤其一个人的下午茶里，才能够无极限接近自己，体会百般道理。正如一盏茶里看时日变迁，千帆过尽才能懂得百味人生。而在茶的留白里，盏中日月长，一室浓滋味，清甜有时、苦涩有时、寡淡有时、浓郁有时。清苦尝遍方知何为甘甜，这便是茶，也是人生。

春生雪满枝

　　春花夏雨，秋叶冬雪，这是四季里最爱的景色。然而去年干冷了一冬，这片大地上也未等来一场雪，不免叫人遗憾。好在今春连补上了两场雪，这才叫人心里熨帖了些。

　　路畔的树上挂满了雪，由树下走过，调皮的雪悄悄落到脖颈上、鼻尖上，深吸一口气，多不快乐的事情都随这冰雪消融了。桃树梨树和许多花草们都抽出了新枝，有些着急的树已长出了嫩芽，却叫这雪轻轻压弯了腰。好在春天的雪不算沉，风一吹，绿枝上的雪就落下一些，扑在人脸上。人们裹紧衣服，边走边回头欣赏这春日的雪景，也实在对这顽皮的春雪恼不起来。不多时，太阳明亮起来，可雪花们不愿离去，树们花草们也稀罕这雪，撑住身子叫它们待得久一些。

　　三月春生雪满枝，行人往来却欢喜。一株株新绿抽芽的树下，时有赏春雪的人们在此驻足。大人们拿着手机摄影，小孩子们叽叽喳喳去编春雪的故事，欢闹非凡。两个年轻男女在树下艰难地堆着小雪人，然而春天的雪毕竟单薄，是堆不起来雪人了，他们便攒起了雪球互相打闹着，尽情释放着青春的爱意。就连头发花白的老人们，也不怕冷地溜达着，他们的头发甚至比雪还白，可脸上却始终笑着迎接这春雪。而远处公园的一角，甚至有人极有情调地吹起了长笛，丝丝缕缕的笛声飘扬在春天里，浸润着每个人的心，恨不能也为这场雪写首诗，或者编个什么曲儿。

然而并非人人都喜欢这春天的雪。

"春天下雪，必有反常。"一个中年男子背手立在树下，摇摇头道，一副好为人师的模样。

周边人正因为这雪高兴，却被他泼了盆冷水，不免影响赏雪的情绪。然而大家也都懒怠争辩，各人有各人的看法吧。

这时一名头发花白的老者却发言了，他声音不大，却足叫这人听清楚："反常也是常态，一切顺其自然才是正理。总拿主观评判客观，那生活中处处是反常。"

话音一落，人们愣了愣，转而拍掌叫好。一阵热闹声过去，那人早已不知躲去了哪里。

我正拿指尖去触碰冰凉的雪，听了这话也笑了笑。老人的一番话说进了人心里，也给人们上了一堂人生课。春日里落雪，确实少见，个别人总会产生"反常心理"，认定这场雪不吉利。可怎么评判反常寻常呢，要说深山里五月落雪也有的是，也不见得就怎样了。再者说，你看世界什么样，你的生活就是什么样。若是整日里盘算凶吉，去盯着周边的每个细节，那确实会发现很多不完美处。久而久之，发现不完美的人也会变得千疮百孔了。

活得坦然些，生活处处皆惊喜。且看这青枝新绿的树们，都不因这场突来的雪而颓败，人又何必触景生悲呢？在春日能看雪，在冬天能赏梅，在逆境能翻身，在低谷能登山，这是大自然借风景教会我们的道理。

独爱白茶

"白茶清欢无别事，我在等风也等你"，六大茶里，我最喜白茶。

福建是白茶之乡，因极适宜的阳光、雨露、沃土和天气造就了白茶的特质。白茶扎根在高山之上，生长在云雾缭绕间，像天地里道骨仙风的高士，独美独秀人间。相传尧帝时，福建省太姥山下有一名叫蓝姑的农家女子，年轻漂亮，心地善良。蓝姑以种蓝（萝蓝，一年生草本植物，叶子含蓝汁，可提制染料）为业，虽并不富裕，但乐善好施。太姥山周围突然麻疹流行，乡亲们成群结队上山采药治病，但都徒劳无功。一天夜里，蓝姑梦到南极仙翁。仙翁发话说："蓝姑，在太姥山的鸿雪洞顶，有神奇之树，叶子采摘晾晒之后，名叫'白茶'，它的叶子是治疗麻疹的良药。"蓝姑一觉醒来，顾不得路上荆棘遍布，怪石磊磊，立即乘夜色攀上鸿雪洞。突然，她发现在一片参天大树之下隐藏着一株亭亭玉立的小树。蓝姑眼睛一亮，"啊，难道这就是白茶树？"她迫不及待地将树上鲜嫩的绿叶采摘下来，采满一兜后，她惊奇地发现，枝丫上又长出了新叶。原来这真是仙翁赐的仙树啊！于是蓝姑拼命地采茶、晒茶，然后把制好的茶叶送到每个山村，教乡亲们如何泡茶治疗麻疹，最后终于战胜了麻疹疫情。

白茶不需要多次加工，只经过晾晒和文火烘烤，便能得到清香满溢、滋味清淡回甘的茶，称得上是最简单的茶。因此在我心里，喜爱白茶胜在动听的故事和它本身不加过多雕琢，自然而成。

白毫银针，形状似针，满披白毫，色如银雪而得名，被誉为白茶中的美人。白毫银针的采摘十分细致，要求极其严格，雨天不采，露水不干不采，细瘦芽不采，紫色芽头不采，风伤芽不采，人为损不采，虫伤芽不采，开心芽不采，空心芽不采和病态芽不采，号称"十不采"。它价格不菲，是白茶之中的"香奈儿"。冲泡之后，便出现白云凝光闪、满盏浮花乳之美观景象。随后银针慢慢挺立，上下交错；芽尖缓缓冲向水面，悬空竖立，然后徐徐下沉杯底，形如群笋出土，又似银刀直立，景象奇妙，使人情趣横生。白牡丹属于轻微发酵的白茶，成品后的白牡丹毫心肥壮，叶张肥嫩，冲泡后绿叶拖着嫩芽，宛如蓓蕾初开，故名白牡丹。它的滋味清新淡雅，又宛若仙女下凡展示自己的优美体态，被称为"茶中仙子"。贡眉有时也称寿眉，两者都是以菜茶树的芽叶制成，用菜茶叶制成的毛茶称为"小白"，以区别于福鼎大白茶、政和大白茶茶树芽叶制成的"大白"毛茶。采茶的茶芽曾经被用来制造白毫银针等品种，但后来则改用"大白"来制作白毫银针和白牡丹，而"小白"就用来制造寿眉和贡眉了。茶汤顺滑浓稠，喉韵经久不息。

白茶的新茶呈现清醇鲜爽，白花、豆浆、青果、竹叶的香气滋味。汤色浅黄明亮，如清泉甘露。白茶存放历经岁月的沉淀，陈年后转化出毫香、可可、木质、枣香、药香的风味。汤色也会变得更加杏黄厚重。

一壶清韵白茶香，半生忙碌畅心妙。忘了这是哪位爱茶人的诗，写得极为到位，既写出了白茶的品质，也由此提炼了人生的道理。

凡事百般，最终都能归拢到生命的哲思上来。白茶可煮、可焖、可冲泡。不管怎样的水温，怎样的冲泡手法、或快或慢的手速，不讲究喝茶的时间、地点，至于冲饮的茶具，更是信手拈来，怎么喝都好喝。一个人的时候煮一壶老白茶，与茶不言不语、与时光不紧不慢，不追求意义，只做回自己。匆忙的时候可以和陈皮一起焖泡，在暖茶入口的瞬间，旅途中的舟车劳顿，往来奔波时的疲惫，都变成了享受当下的惬意。闲下来时可以邀约三五知己，认真行一道茶，大家一起谈古论今。白茶的一生，就像那些追求简单自然的人一样，事里纯正，情里温和，不苦不涩，散发着淡淡的香气。舌尖上白茶的味道一一掠过，从开始的微苦，到中间一半甜一半苦的清香，再到最后的回甘，像在饮茶里和茶走完了一生。

人到中年，茶越喝越清醒，越喝越深切。考量事情便越来越谨慎，也越发少了年轻时候的洒脱果敢。很多时候总在一件不大的事情上，前后琢磨，瞻前顾后，生怕有什么错误成本。这个年纪顾虑最多，年迈的父母，正临窗苦读的孩子，生计的艰难，家庭琐碎里的烦扰……如此种种总叫人遇事优柔寡断。日子长了，有时候回看近几年的自己，会觉得不够味，不像从前那个一往无前的自己了，便有些沮丧。直到偶然接触茶后，这才从茶道里重新找回了自己。喝的茶多了，也能分出不同的滋味来。于我而言，白茶是最对我胃口的。它太清雅了，正如淡泊洒脱的人生。从它清淡的汤色里，我感受着生命的通透，从它鲜醇的后味里，我体悟着人生的厚度。

好的白茶，不争朝夕，正所谓"一年茶，三年药，七年宝"，只要存放得当，经年之后，它不仅仍可以向世人展示当地、当年的风土气息，随着时间的推移，还会形成新的味道。白茶越陈越香，路越走越宽，也正是这个道理。

心中的英雄

　　曾欣羡苏轼的潇洒旷达，欢喜李白的自由不羁，向往陶渊明的宁静淡泊，感叹杜甫一生的悲辛坎坷，而直到我重遇辛弃疾，才顿觉遇到心中的偶像。他的一生只有过一次金戈铁马，再上战场实现北伐，变成了他平生唯一所愿。然而，这看似单调的一生，却让我感动不已。

　　想当年，21岁的他，正值青春年少，是何等意气风发，或许堪比周郎，但一定比周郎更英勇更豪放。可这一生中唯一的一次辉煌，到最后却成了他一生都解脱不了的伤痛。"郁孤台下清江水，中间多少行人泪。"有人说，一个人，一生要有一次说走就走的旅行，一场奋不顾身的爱情，一个可以坚持到最后的梦想。而辛弃疾就是那个于红尘乱世中，用一生去做一件事、用一生去坚守一个梦想的人。

辛弃疾，一个那么有才华、有抱负的人，一个苦练剑法、那么有本事的人，在北伐理想受阻时，他本可以如柳永一般轻吟浅唱，靠其写文的才华度过一生；也可以像苏轼一样，在儒释道三家中，寻得解脱；更可以如陶渊明般，选择归隐，守住自己作为一个文人，一个将领的气节。可他，偏不。他一个人，为了一个北伐的愿望，从年青到年老，从故乡到他乡，一生颠沛流离，从没想过逃避。被朝廷别有用心地征用为官，他就积极准备赴任；被朝廷弃用为民，他就走下官场，独守初心。就这样，在他第一次战场杀敌以后的 40 多年间，他经历了 37 次的频繁调动。莫说辛弃疾这样一位英雄豪杰，就算是一个平常百姓，被这样像一个球一样的踢来踢去，怕也早就甩手不干了吧！但他忽视着那些不被重用的把戏，他相信只要和朝廷有一天关系，就有可能实现他平生所愿。他一直在等。为此，他可以忍耐朝廷的任何调动。于是，他怀着满腔热情与悲愤，笃力前行。尽管步履维艰，只愿实现心中所愿。所以，他执着却不执拗，他坚强刚毅却富有张力与人性。而这恰恰是他能在那样不利的处境中，坚持自我，坚守初心的一个原因吧。

43 岁，距他当年抗金起义已有 20 来年，他登上建康赏心亭，望着满目青山，一洒英雄泪。但他的心思谁懂呢？他一步步登亭，一遍遍拍栏，他恨啊，他恨他已"把吴钩看了，栏杆拍遍"，却是"无人会，登临意"啊！66 岁，早已历经宦海沉浮，迟暮之年的他，本该将一切看淡，退出他心向的战场，可他没有。这一年，当这个满头白发、身处异地、饱经风霜的人，独自一人登上京口的北固亭时，他吟咏的不是他一生的不幸、坎坷与悲凉，不是如杜甫一般地感慨自己"艰难苦恨繁霜鬓，潦倒新停浊酒杯"，他所感慨的是"四十三年，望中犹记，烽火扬州路"，是"可堪回首，佛狸祠下，一片神鸦社鼓"，是"凭谁问，廉颇老矣，尚能饭否"？

这哪里像一位 66 岁的老人写出的词作！ 40 多年了，他仍旧慷慨激愤，他仍旧热血高昂，他仍旧要血战沙场，他仍旧信守着最初的理想——北伐，收复失地。而在 66 岁登临北固亭的他，在吟唱完他的北伐抗金之志，抒发完他的壮志难酬之悲，怒问朝廷我还没老，"为何不将我辛弃疾用起"之后，67 岁的他便撒手人寰了。

他曾仰慕英雄，曾叹英雄无觅，而如今他成了我心目中的英雄。他"醉里挑灯看剑，梦回吹角连营"；他"白发空垂三千丈，一笑人间万事"；他"平生塞北江南，归来华发苍颜"。他这一生，壮志豪情可见，才华横溢尽显，悲愤慷慨共目。他这样的英雄，不会随着时光的流逝，或空间的变迁而淡出历史舞台。

因为，即使他的人不在，他的住处不在，他的物件不在，但他的精神，他的灵魂，他的文字还会依然存在。而这些都好像是某种有生命的东西，当我触摸他的文字、他的魂时，依然能感受到他当年那一腔热血沸腾的心跳。怦怦怦，掷地有声。当辛弃疾在我的心里鲜活起来时，我多想跨越时空，走到他的面前，将酒杯举起，敬他一杯酒，哪怕难以慰风尘。

人生就像翻书

过 40 岁生日那天，我为自己煮了一碗长寿面，又用古筝、古琴及空灵鼓演奏了一支曲子，算作迎接自己的不惑之年。

从 18 岁到今天，我走过了多少路，又得到了多少快乐，这些很难用两句话讲清楚。可实实在在的，我变得充盈了。比起曾经年少纯粹的我，现在的我越发如树扎根般沉淀。我不再轻易起舞，却多了满枝叶的繁茂；我不再到处流浪，却在大地上探索到更多的精彩，譬如一首诗，一张琴，或者是一案笔墨。

我的人生，也像是一卷书，被越翻越厚。

"我们无法延续生命的长度，那就试着增加生命的厚度。"我的书法启蒙老师张维新常这么说。

在翻过万水千山，历经百般坎坷之后，明明有很多思绪，却总也无法找到宣泄口。后来，我爱上了古典乐，爱上了书法，这才从中重新找到生命的意义。舞弄文墨教会我在字符里沉淀自我，弹奏古琴古筝教会我在音符里回望过去。在一支曲里，一张字里，我像翻书一样不断审视来路，接着笔锋一转，故事又走进下一页。如此往复，我的人生在反复的自省里，更加充满韵味。

而在翻书的过程中，也要及时注意立足，先过好每一个当下。

记得那天弹奏完生日快乐歌之后，我又拿起笔用篆书、行书和楷书为自己写下了一首词。写到某个顿笔的时候，却总觉得不够意思。反复写了几遍仍是不对，只好搁下笔来。望着眼前的砚台，我愣怔许久，不知这困顿从何而起。后来远望着窗外，直到黄昏彩霞飞舞的时候，我在那样炫目的天色里，终于得到一些要领。再天朗气清的一天，也是经过一整日的沉淀，才能迎来盛大的日落。我知道，是这段日子的书翻阅得太快了。一字一句和一目十行是不同的，若只追求短暂的快乐，便注定要失去些反刍的意趣。不曾驻足地往前走了好远，才发现一点点积攒的故事失色了。在这样的当下里，迷蒙的愉悦过后，便只有对未来的怅惘了。

一笔一画写字，一页一页翻书，一步一步走好每一段人生。

记得教我书法的张老师已经 70 多岁了，但他依旧精神矍铄，步伐矫健。他平时跟我们相处和蔼可亲，但是给我们上课的时候严肃认真，就像变了一个人。他经常说一个字练不好，怎么好去写下一个字，他不怕谁笨，只怕我们带着糊弄的心态对待书法。要我们认真再认真。他常常在教字之余同我们谈些人生道理，他经常挂在嘴边的一句话就是，我们无法延续生命的长度，那一定要用学习知识增加生命的厚度。从大家对待书法的态度里，他就能看出一个人对待生活的态度。本事是次要的，态度才是最重要的，只有脚踏实地才能走得更远。在张老师的教诲里，我不只学了一堂书法课，更像读了一本关于人生的书。

巫漪丽说："学习音乐不是用来炫耀才华的，音乐是用来改变生命的。"如果说音乐改变了我的生命，那么书法一定是在我人生的这本书上增添了一定的厚度。随着爱好的增多，跟各种优秀的人打交道，总觉得自己像个二米米（方言，意即学了个皮毛，不精通）一样，章章有戏，本本不通。越发觉得自己像个"混混"，"混在"令人着迷的带着文化气息的圈子里。但我乐于成为和优秀的人打交道的"混混"，只有这样，才能迫使我更加努力地提高自己。

现如今，我的这本书正如所期的那样，愈来愈厚。我想，等将来它的纸页都泛黄的时候，我一定不会留有任何遗憾。

一个疼痛的夜晚

　　驻村时，我被安排在了村部 2 楼居住。

　　刚去那阵子，天气不好，工作也繁重。有一阵，暴雨连下了好几天都没有停的意思。那天晚上，我白天冒雨入了一天的户，回到村部已经很晚了，我又累又难受，两腿也因被淋湿的缘故而肿胀酸疼，便打算换了衣服先休息一会儿再吃饭，没想到一躺下就睡着了。到夜里 11 点多，我被饿醒了，便烧了热水泡了一碗方便面，一边吃方便面一边泡脚，疲乏的身体逐渐缓了过来。

　　雨声又大了，我赶忙收拾妥当准备睡觉，谁知门却拉不开了。起初我以为是锁坏了，捣鼓了半天，才发现是门沿上贴的绒条卡到了门缝里，便使出吃奶的力气想把绒条拽出来。没承想我一个使劲，绒条倒是出来了，我却也因为惯性一个后仰直挺挺摔倒了。好巧不巧，倒下的地方正是放洗脚盆的地方，我一屁股就坐进了洗脚盆里，条件反射地想用手撑住自己的时候，却因为没撑住又导致中指和无名指骨裂。最终，我的后脑勺重重地磕在了地板上，肋骨磕到了盆上，便那么昏厥了过去。不知过了多久，我才从昏厥的疼痛中清醒过来，冰凉的地板和全身湿透的衣服让我感到一阵阵发冷。我知道自己伤得挺重，然而挣扎着却站不起来，想打电话求助却够不到手机，大声喊也因为疼而发不出太大的声音。就在这时候，胃也开始疼起来，甚至开始打嗝，一打嗝连带着疼，本来已经麻木的身体又开始发疼了。后来不记得自己是怎样支撑着挪到床边的，挣扎着脱掉全湿的衣服，用被子裹紧冻得发抖的自己，只记得拿到手机的时候，已经是凌晨 1 点多了。

这时我冷静下来，决定不去打扰任何人，因为等折腾着到县城医院时，估计也是早上了，不如忍一忍早上再去。

然而疼痛令我难眠，我只好去看朋友圈来转移注意力。突然看到一个友人写的关于母亲病重的文章，带着好奇点了进去。好奇是因为，前两天我才去看望过这位老人，她看起来精神还算不错。患有肾衰竭 6 年的 80 岁老人，见了来客还能坐起来聊天，并且始终是笑呵呵的。即使她的胳膊上是数不清的针孔，她的身体已经骨瘦如柴，可她似乎不甚在意。老人平静地告诉我，每次去透析的前一天晚上她就愁，透析很疼，她不想坚持了，但是儿女们执着，她只有咬着牙再继续，只是心里很盼望那一天早些到来。谁知这才过了几日，她的那一天便来临了。不知她如今是否带着如愿的微笑，她的儿女又是怎样的一番不舍？但我似乎能理解，在面临那样巨大的痛苦时，她有多想得到解脱。老人并非是不能吃苦忍痛的人，风风雨雨的大半辈子都过来了，一点疼算得了什么，能叫她如此的，必然是生命不可承受之疼。而我的疼痛同她相比，不过是生命里的一个小跟头罢了。

　　就这么想着老人的事情，我熬到了天亮，此时肿大的中指和无名指发出钻心的疼。我用一只手穿好衣服，给老支书打电话告诉他楼门坏了后，一人去了医院。

　　最终，我还是没有告诉任何人昨夜的事情。

　　雨渐渐停了，我到医院拍了片子，结果是肋骨有两处轻微骨裂，两根手指头被包扎固定，腰被缠满了绷带。我拖着依旧疼痛的被各种包扎的身子回到村里，选择了继续工作。

　　我并非是逞强，只是突然觉得，天晴了，一切都会好起来的。而这个夜晚的疼痛，似乎是可以忍下的，我还有两户独居老人在翘首以盼着我。

炽夏可稍寒，爱也降降温

离最火热的 7 月尚早，夏天已经活跃得不像话。密不透云的繁枝茂叶仍在不断生长，午后和月色里的虫鸟持续啾鸣，云朵像被汗蒸一样整日摇摇欲坠，浓赤的光悬于天地无处消弭，跌撞进人的眼里又直达血液深处，使这场盛夏的燥热不断鼓胀。

大多人家的门窗都开着，尖鸣、哭喊、争吵，随热度不断拔高的分贝更增夏日本色：躁烦。

谁家的炊灶前怒骂声连连，谁家的幼童间歇性尖叫高鸣，似乎无处挥散的热气逼着人们大喊才能发泄出来。

很远的某扇窗子里，一对母女疯狂对峙。女儿似乎放学晚归了半小时，被母亲由自述赚钱辛苦讲到自己的爱为何得不来回报；女儿则不断控诉，反驳母亲的严管紧逼不是爱是控制。两人争吵着，直到被邻居怒吼一声才各自偃旗息鼓。

　　楼上的爱侣互相指责，无外乎谁的在意多或少，以及一路以来的各自付出，几乎要由爱生恨了。可后来两人又都哭着表白，恨不能掏出自己的心给予对方。

　　街头巷尾的邻里们，总在这燥热里突生火气，过后冷战几天，平静下来再握手言和，似乎比从前更相好了。

　　走过这一扇扇窗，看爱恨争吵和好轮番上演，不知是该怪人们太过冲动，还是该责这酷暑叫人情绪不稳。

　　夏天总是这样，极致的浓郁让爱增色也让它减色。

　　夏天的一切风光都明朗，赤红青翠，日白月黄，万物都无滤镜，饱和度调至最高。可光合作用下本貌也尽现，油腻的绿叶上沾满无名生物，无处藏身的烈日下汗渍飘摇。

　　夏天的一切情绪都被无限放大，月色失控，爱也满溢，鼓噪的心脏缠绕相拥才心安。可释放到极致的感官也扭曲，压制不住的爱意与桎梏共存，叫人两败俱伤。

　　文人们笔下有无数热烈的夏天和蓬勃的爱，赞扬炽热的夏天让一切爱意无法隐藏形迹。可我今日突想，极致就是最美好的吗？并不是。毫无收敛的释放是爱的腐蚀剂，捆绑的尽头是共亡。

　　像那对母女和爱侣，亲情和爱情里的人们密不可分，却也因此对彼此生出更高的要求和希望，如若不满则火星迸发，借着燥热的天气点燃情绪。或许过后又彼此言笑，然而屡次如此，各自的心烧灼得久了，总有一天会产生巨大的裂缝，再也无法弥合，直到各自收回对彼此最初的爱。

　　不禁埋怨，炽夏可稍寒，各番的爱意也能随之降降温。

　　但夏无主，更不任谁主。光的背面是一夏清，带火的云下永远一团焦炙，谁能叫夏天消弭呢。

　　然而爱的温度由我们自己调节啊。

爱是同明相照，不是画地为牢；爱是川海并茂，不是伏低做小。爱应是不被定义的自由，是各自的锦上添花，彼此成全才是美到极致的爱。

炽夏没法学四季松弛有度，而我们的爱能收放自如。

风味人间

跟着《诗经》食野菜

春风一来，万物都蓬勃起来，尤其是碧油油、嫩生生的野菜们长满山野，叫人看了唇齿生津。随着清明后雨水增多，嫩芽也在春雨的滋润下生长到了最佳期。而这时的山坡或者沟壑里绝对有一群资深的采春人，他们手里拿把铲子，随便找块绿地便能采撷不少种类的野菜。香椿、苜蓿、荠菜、小蒜、灰灰菜和苦苦菜是我家乡最常见的，小时候没少跟着母亲到处寻找。那时是为了果腹，如今吃腻了大鱼大肉后却让人深深地怀念起野菜的滋味来。

吃的野菜多了，不禁探寻起它背后的传承意义：野菜是如何一步步走进人们的视野的呢？偶然再读《诗经》，才发现其中提到的野菜就多达43种，原来野菜已在这片大地上生生不息了几千年。

《国风·邶风·谷风》中写道："谁谓荼苦，其甘如荠。"这句诗里便有两种野菜，荠（荠菜）和荼（苦菜）。荠菜是南北方最常见的，它一般长在麦地里，当麦苗返青的时候，它跟着麦苗一起听风饮雨，而后先于麦苗成熟。三月三荠菜赛灵丹，吃荠菜可以利水、止血、明目降血压，所以中老年人是最爱这一口的。大多野菜的生长期都不长，荠菜也是一样，开了花的荠菜就不能吃了，现如今人们吃野菜只是为了尝鲜，过时不候也尤显得野菜们珍贵。荠菜吃法很多，蒸、炒、凉拌和做馅儿包饺子包子都很适宜。凉拌荠菜吃的就是最原汁原味的荠菜苦，拿水焯一下，然后拌上调料和辣油，一口下去先是微苦，接着鲜香的后味就出来了。在我家里，母亲最爱蒸荠菜吃，才挖回来的荠菜拿水洗干净，裹上面粉和玉米淀粉直接上锅蒸，5分钟后便可出锅，最后同凉拌一样撒上调料，吃来软糯清香。这时吃不完的荠菜做成馅儿，同粉条、豆腐、白菜或者其他的什么菜一起剁碎了，蒸出一锅包子饺子，或者是煎成菜盒子来吃也很美味。很多人家里爱吃荠菜炒鸡蛋，这也是经典吃法，旁的青菜炒鸡蛋都不如荠菜鲜美。

"南山有台，北山有莱"，这里说的是藜，又叫野灰菜，也就是现在的灰灰菜。灰灰菜的样子最像杂草，至今我仍有些难分辨，常掐了草当成灰灰菜。它的生长范围更加广泛，山野里抬眼一瞧，便能寻到它的身影。灰灰菜的口感有些像苋菜，鲜嫩多汁，口感清甜。灰灰菜的吃法也多，凉拌、蒸疙瘩、做菜团子或者蒸菜面都很好。无论哪种吃法，只要略加烹煮，春天的气息就这样被含在了嘴里，叫人久久难忘。

《国风·召南·采苹》里有关于苜蓿的记载："于以采苹？南涧之滨。"这里的"苹"又称四叶菜，就是我们如今熟知的野生苜蓿。苜蓿在过去是喂牛喂羊的好食料，今天却被食客们称作"野菜之王"，也是一大趣事。苜蓿的嫩芽期也短，所以童年时大人们忙不过来了，就叫我们小孩子去掐苜蓿。其余杂草还泛黄，苜蓿已经出了寸许的小芽，嫩绿嫩绿的，我们用形状像梯形的小刀，一手抓住苣荬的小芽，一手拿着刀轻轻一摁，苣荬芽就和它的根分开了。苣荬芽要拣叶子肥厚一点的，这样的做菜汁水多，口感嫩。小半个上午，我们就能采满满一筐，回家后交予母亲做美食。蒸疙瘩，做苣荬馒头，或者焯熟了凉拌，蒸面卷子，这些都深受我们的欢迎，吃了一口还想吃第二口，实在是清香满腹。《白鹿原》里的王相给黑娃说"四香"，头荏子苣荬二淋子醋，姑娘的舌头腊汁的肉，足以印证苣荬与众不同的美味。

"斯干有柏，其实如璧"是关于榆钱的记载，"斯干"说的就是榆树，而"璧"则指的是榆钱。中学的时候有篇课文叫《榆钱饭》，说这榆钱是春天青黄不接的时候，用来填饱肚子的。文中描写的榆钱饭堪比美味珍馐，非常馋人，使我对榆钱总是心心念念的。春天里最期待的事莫过于，下学路上碰见榆钱树的时候，踮着脚去捋几把榆钱塞进嘴里，让和着春风暖阳的香甜唤醒我的味觉。榆钱的采摘期是最短的，不过三五日就过了吃榆钱的时节了。榆钱也是唯一能直接生着吃的野菜，自带一股凉滋滋的清甜，它还能做成粥和饭，带给人们的愉悦和饱腹感也远胜其他的野菜。

小蒜在《诗经》里大名叫"薤白"，也是我很爱吃的野菜。小蒜很有生命力，一年春秋两季，无论湿润和干旱，都一点也不妨碍它的生长。但小蒜的生长范围略小些，通常只长在树根或者地缝沟壑里，叫人一番好找。好不容易采回来的小蒜自然要好好琢磨成美食，将一把小蒜洗净、切碎，放上干辣椒面、盐、鸡精、味精，搅拌后再淋上香油、酱油和醋，一碟美味的小蒜辣水子便做成了。小蒜辣水子就着馒头，让人不知不觉间就撑了肚子，满口都是它的悠长余味。

"我行其野，蔽芾其樗"，这"樗"就是香椿。"三月八，吃椿芽"，香椿的名声许是最响亮的，它上过《舌尖上的中国》，到过许多文人们的笔下，进入过每家每户的餐桌上。香椿散发着一种奇特而浓郁的异香，有些人唯恐避之不及，有些人则爱得很深。香椿芽炒鸡蛋，这道几乎成为中国美食代表的菜，也让香椿的价格被越炒越离谱。在一线城市里，人们没有条件去山野里摘香椿，只好在超市或者市场上买。据说最贵时1斤足有20多块钱，可见其名声。而在乡村里，不要钱的香椿落满大地，让吃春的人们幸福感十足。

除却以上这些，《诗经》里还有"采采芣苢"的车前草，"春日迟迟，采蘩祁祁"的白蒿，"陟彼南山，言采其蕨"的蕨菜，让越来越多的人走出城市，走进乡间田野，去探寻春天的野味，去感受春日带给人们的赏赐。

王姐家香酥鸡

宁县卖香酥鸡的不多,而我也就单吃这一家,王姐家香酥鸡。

初吃她家的香酥鸡,是在刚参加工作那年。周末和同学在县城闲转,随着香味找到了一家位于市场入口处的香酥鸡摊,小摊围挡上写着"王姐家香酥鸡"。那时的王姐约莫 30 来岁,正在利索地给客人炸鸡,摊面上整齐地摆着色泽明黄的熟鸡。见我们来,她笑着问我们是不是要炸 1 只,我正犹豫,她改口又问要么炸半只先尝尝。这炸鸡的味道属实香,我便同意了来半只。

她从摊面上拿起一只鸡熟练地分成两半,拿刀在其中一半上均匀地划了几道口子,又用专门的钩子钩住这半只鸡放进油锅里炸。不一会儿,王姐打开油锅盖子,浓郁的香味扑鼻而来,我的口水瞬间开始分泌。趁着油热,她麻利地给鸡撒上她的独家秘制调料。我们拎着这香酥鸡在河滩边坐下来,迫不及待地开始品尝。一口鸡小腿肉入口，我的唇齿之间都是油滋滋的，香喷喷的。我囫囵不清地叫同学趁热吃，谁知对方恰恰是个不爱吃肉的主，这可好，我一人独享了这美味的香酥鸡，一下午，我的鼻尖都萦绕着它的香气。

从此，我便成了王姐家香酥鸡的常客。

一来二去，我们也彼此相熟了。我偶尔因出门急忘带钱了，又恰好想吃她的香酥鸡，她都会信任地叫我下次把钱补上。而我每次来，她都会自觉地给我打包好。

端午放假回娘家时，我去得有些晚了，她家生意又好，鸡已经卖完了。可她见了我，却叫我等等，说她老公会再送来些煮好的鸡。等待炸鸡的过程中，我说出了心中疑惑：她家的香酥鸡这么火，到底有什么独家秘方？王姐老公接过话茬，说哪有什么秘诀，煮鸡的调料是常见的八角、丁香、桂皮、茴香等，给炸鸡撒的料也是常见的椒盐、辣椒面、孜然和味精，炸鸡用的油是他们自产的菜籽油。我听了这一串子话，更疑惑了，附近卖香酥鸡的有三四家吧，既然都是如此用料，那怎么就她家生意这么好。王姐爽朗大笑，这才说了她家香酥鸡的关键在于煮鸡的汤。她家的汤是从最开始卖香酥鸡就留下的，他们卖了 20 多年的鸡，这汤也同样用了 20 多年。为了保证老汤不坏不变味，他们在煮鸡时一定要将鸡肉处理干净，每次煮完鸡后，再把杂质都过滤掉，只留下最清最干净的汤。除此，炸鸡时用的油也要勤换，不能为了省油而让鸡的味道变了。而且为了保证鸡的味道新鲜，他们都是前一天晚上将鸡处理干净，到次日凌晨 5 点才开始煮。

我心下了然，对他们赞叹的同时又想，当下又有多少食铺子能做到如此呢？彼此聊得多了，我得知这香酥鸡的做法是完全由他们自己摸索出来的，便更加敬佩了。

王姐的老公早年是个厨子，在一家单位的灶上做饭。后来灶没有了，他就寻思着自己做个小生意养家糊口，恰巧看见西峰有人这样卖鸡，他就去拜师，谁知人家不教，他就买来细细品尝，然后自己摸索着做。没想到真叫他给做出来了，还添了些独家风味。王姐指着不远处的其他两家香酥鸡，得意地说手艺也是她老公教的，还说西峰卖香酥鸡的如今也不卖了。

我又笑着问王姐，这些年一定是挣了不少钱吧。她老公挠了挠头接过话茬说，是存了些钱，但小本生意也就这样了，好在供成了两个还算争气的学生，1个当老师，1个当医生，他们也就知足了。听这话，我琢磨着往后他们是不是干不了多久，就等着享儿女福了，于是这么问他们。两个人都摇摇头说，那还是要干下去的。王姐老公又解释，现在几个县城卖香酥鸡坚持下来的，只有宁县了，而宁县在他的传授下坚持卖的，也不过三四家。如今坚持了20多年还在卖的，只有他家。生意虽小，却是他们半辈子的心血，肯定是要干到不能干为止。

我这才知道正宗的香酥鸡属于鲁菜，做法精致，且工序十分复杂，会做且能做好的小摊贩并不多。而这道美食在民间不断地流传过程中，又增添了各地的独属味道。王姐家香酥鸡正是如此，在二十几个春秋的坚守里，已然让这香酥鸡变成了地地道道的宁州味道。

杏子黄黄

　　杏子黄黄，麦子黄黄，家乡的人们忙又忙！

　　麦子熟了，杏子也就熟了。杏子一旦开始泛黄就熟得极快，短短几天，树上的杏果就全都熟透了。如果采摘不及时，它自己就会随着风一颗一颗往下掉。这时的庄稼人最为忙碌，一边要收麦，一边还得操心摘杏。有的人家麦子地多，就只有眼睁睁看着杏子掉落腐烂，过后再后悔也来不及了。在农户眼里，收割麦子是大事情，那是与温饱有关系的，所以采摘杏子只能让位于收麦后。当然，大部分的人家会选择在收麦的空档里抓紧时间摘杏，这时候，大人们戴着自己编的草帽快速收着杏，小孩子们则在地下捡拾掉落的新鲜杏子，时不时还要偷吃上几颗。杏子采摘下来后，人们碾麦子晒麦子累的时候，顺手吃上一颗，就又充满了力气。每个晚上，人们把碾出来的麦子堆成堆，坐在麦堆上一边谈论收成，一边吃杏子，内心同样无比惬意。人们还会将一部分的杏子拿出来晾晒，做成杏干，这是很好的零嘴。

在宁州，杏子是最常见的农副产品，也是最受人们欢迎的水果。这里的杏子叫"曹杏"，是由当地的大杏与陕西三原优良杏种反复嫁接培育而成，栽培历史已有100多年了。曹杏以果大、色艳、皮薄、肉厚、仁甜、味香等特点，成为西北唯一可与敦煌李光杏相媲美的优良杏品种。最开始，人们没有条件家家拥有一棵曹杏树，故而更显珍贵。《刘家故事》中就记载了这样一段故事："千岁"刘百忍在出售祖宅时，要价极高，别人问起理由时，他说宅院里有3棵杏树。再后来家家户户日子都好起来，嫁接曹杏树的技术也不再那么神秘了。农户几乎家家都有几棵嫁接的曹杏树。春天一到，整个村庄都会成为杏花的海洋，家家户户都被一团团、一簇簇的杏花云掩映着，好似人间仙境。到了夏天，家家的杏树上都挂满了黄澄澄的果儿，映衬着远处的金黄色麦浪，叫整个村子弥漫着浓郁的丰收气息。

然而杏子挂果期很短，因此吃到新鲜杏子的时日也就几天。为了不让富余的杏子烂掉，人们除了将杏子晒成杏干，还会选择卖给食品加工厂，由它们将杏子做成杏脯。因此这时节，路上除了人们拉麦子的场景，还有拉着整架子车杏子送往杏脯厂里的情景。这时候的杏子也不再作为简单的零嘴，而成了人们的一笔额外收入。农户们靠卖杏挣钱，杏脯厂靠加工杏赚钱，而农活较少的妇女、中学毕业的女娃和上一点年纪的老人，就集中在了杏脯厂靠切杏子赚点零花钱。切1斤杏子可得一两毛钱，干活利索的，每天能切三四百斤的杏子，也就能赚三四十元，动作慢的多少也能赚个二十来块钱。这活计听起来累人，但也不是长期都有的。左不过七八天，就得把杏子都加工好，否则杏子依然难逃腐烂的下场。七八天下来，每个人算是有了一笔小小的收入，就足够满意了。这样的活计最受毕业班的学生欢迎，而我曾经也是杏子的受益者。记得那年我第一次挣了钱，心里很是欢喜，给家里大小都买了一件小小的礼物，家里人高兴，自己也乐呵了整个假期。

杏子好吃，杏干的味道更是不用说了。晒好的杏干很硬，比熟的杏子多了些酸。在深冬，人们便拿它来做零嘴或者待客。牙口好的人喜欢杏干的嚼头，牙口不好的人则喜欢先用开水把杏干泡软，再在上面撒些白糖，吃起来又是另一番风味。远在外地工作的人们，便最想念这家乡的杏干，有的便央告家人们寄来一点解馋。我求学工作在外后，也没少收到母亲寄来的杏干。

说起母亲，她是勤劳的女人，家里的杏树自然是不会少的。她生怕杏子在生长期有半点差错，无论多忙，她清早起来的第一件事，就是走到种植的果树林里，查看果树的成长情况。日日重复。直到杏子黄了，母亲看着金黄的杏子，才会露出轻松满意的笑容。前些年，父亲不忍心母亲太操心忙碌，便把杏树砍到只剩下两三棵。然而即使只剩下这两三棵枝杏树，母亲还是一样操心，直到杏树上挂满了杏子才安心。这些年每到杏子熟的时候，我都要回家摘杏子，吃她亲手栽种的杏子。上一周我回娘家的时候，杏子熟得还不是很透，吃起来脆脆的，甜中带酸。临走的时候母亲一再叮嘱，这个周末一定要再回来吃杏子，再晚杏子就又熟透得全摘下了，就体验不到在树上边摘边吃的快乐了。

今年杏子黄的时候，外婆恰好在我们家。她今年已经 86 岁高龄了，但除了头发花白，牙齿没有了之外，耳不聋眼不花，胃口也好，身体很是硬朗。每到母亲摘杏子，她也闲不住，跟着母亲忙里忙外。看见母亲和外婆都是那么忙碌，我肯定也是坐不住的，吃过饭，就赶紧端着筛子去树底下捡掉落的完好杏子。从树上掉下来的杏子若不及时捡，片刻就被地上的虫子吃得不像样了。外婆每次看到被虫子吃的杏子，都会摇头叹息，嘴里不住说着可惜，走过贫苦年代的老人最见不得浪费。为了让老人家少些心疼，我以最快的速度捡拾着杏子。这时便总有顽皮的杏子，唰的一声悄悄掉下来，有时恰好掉在了筛子里，有时则恼人地砸在人脸上。

我常常是一边迅速捡杏子，一边抽空品尝美味。一棵杏树上的杏子的味道也不完全相同，向阳那面的杏子很甜且汁水饱满，背阴的则要稍酸些。每一颗杏子的味道好像相同，又好像不同，但都散发着杏香。我捡回去的杏子，再由外婆用清水把它们洗干净，一起切成块。捡杏子，洗杏子，切块晒杏子，一大晌的时间就这样过去了。我都干得口干舌燥，外婆却一点不觉着累，反而很有精神。到午饭时间，外婆依然能吃一大碗饭，补充一上午劳作的体力，略作休息后，再精神十足地投入到下午的忙碌中。

看着外婆和母亲的干劲，我很是感慨。专注和热爱所以干劲十足，这是我从她们身上学来的。而努力生长，尽情开花结果，这又是我从杏子身上学来的。

杏黄黄，麦黄黄，人忙忙！打麦，摘杏，累！金黄的杏子，金黄的麦堆，乐！

五月槐花香

　　春花取次开，花动一院春。而 5 月，是春夏交替，槐花放香的季节。

　　从 2 月底开始，杏花、桃花、梨花依次走秀结束，载着果农希望的苹果花，以及满山的油菜花也开始在原野里欢笑。雍容华贵的牡丹和宛若仙子的芍药花如压轴一般也在专属它们的舞台慢慢退场。等这些花全都逐一开始落败时，属于槐花的专场启幕了。槐花素雅洁净，总给人们不染尘世的感觉。可它们并不因体形娇小而显得孱弱，反而自信满满，常常展示着自己最完美的姿态。槐花一开，便霸占了整个初夏。

　　人间四月芳菲尽，五月槐花又盛开。走在小巷里，看一树清欢飘逸动，携风带雨送香来；路过谁家小院，又是郁郁芬芳醉万家，浮香一路到天涯。这时节，无论是路两旁，乡村小道上，或是山野里，沟壑纵横处，全都成了乳白娇软的槐花的天地。才过5月，人们总要借着踏春的机会去赏槐花。及至山野，远远望去，槐树一身白纱笼着，仿佛是初夏里的俏新娘。清风缕缕，槐花的清香及淡淡的甜味阵阵飘来，久久不散，就连风打的旋儿都香气扑鼻。又一阵微风吹过，洁白如玉的花瓣随风起舞，又旋转着飘落一地，或者沾在谁的裙摆上，叫人心生爱意和向往。

走近看，阳光透过叶子，直衬得槐花满树影影绰绰，引得人看呆住。除了清香悠长的气味，槐花最绝的还有样貌。花色乳白，花心深处又有一点娇艳的黄，这就是娇俏可人的槐花。你看一串串洁白的花朵，挤挤挨挨地挂满枝头，坠弯了枝丫，多么楚楚可怜。婆娑的树叶晃动着甜香的槐花，好似一串串随风摇晃的风铃，向人们低声倾诉着生命的美好。伸手摘下一串槐花轻嗅，竟让人有那么一刻眩晕的感觉。槐花的香既醉人，也招蜂蝶。甜蜜的花香诱来了许多蜜蜂，它们一边在槐花丛中欢乐飞舞，一边忙碌着采食花蜜。槐花的味是甜美的，正当我想采一串细细品尝时，几只蜜蜂却围着我打转，貌似在说，我抢走了它们的槐花。

一路看，一路闻，不知不觉已是晌午，我恋恋不舍地告别槐花，回了父母家。一迈进门，便闻到了槐花吃食的香甜。在母亲的巧手制作下，那香入魂魄的槐花，撩拨着我的味蕾。

沾满了人间烟火的槐花，在物质贫瘠的年代，尤其三四月里青黄不接时，它在很大程度上使人们得以果腹。槐花是我童年的珍馐，承载着我儿时的记忆。每到槐花盛开的时节，母亲总要端着簸箕去摘槐花。采下的槐花经淘洗后，被母亲做成各种美食，有槐花炒鸡蛋，凉拌槐花，清蒸槐花，清淡槐花汤或者槐花饺子、包子。我最爱的是母亲做的槐花疙瘩和槐花鸡蛋饼。母亲将摘的槐花放在清水中洗干净，然后再用开水焯一下，捞出来控干多余水分之后，再加入面粉搅拌蒸成疙瘩，又给焯好的槐花打上两个鸡蛋加入一定比例的水和面摊成槐花鸡蛋饼。疙瘩上浇上母亲用蒜末、葱花、辣椒、花椒、盐、味精、鸡精等调料调成的汁，槐花饼里卷上土豆丝，吃起来香喷喷甜滋滋。

槐花，也是我无法忘记的乡愁。至今，只要我打电话说要回家，脚勤的母亲一定会拿着钩子，提前捋好槐花，为我蒸好槐花疙瘩，或者摊好槐花鸡蛋饼，等着我进家门。看到我大快朵颐的吃相，母亲的脸上总是洋溢着幸福满足的笑。或许在她的认知里，槐花并非赏玩之物，只是让女儿开心快乐的美食。然而我看着母亲的笑，心头突然涌起一丝愧疚。母亲的头发都花白了，腿脚也早不如年轻时利索，可她仍不辞辛苦地去做这口槐花饭。这一口的槐花饭花费了母亲多大的体力啊！而我又能再吃多少年？

于美好的光阴中，写草木情深，写清风绕花枝，写朵朵云落肩，载着一颗感恩的心，情愿做这于山川叶洼之中不卑不亢、安静开放的槐花，生在一角看尽尘世繁花似锦，落在一角无声无息，不留痕迹。

今后的 5 月，我想我也应该为母亲做一道槐花饭了。

秋日好酿酒

"我言秋日胜春朝"。

许多人爱悲秋伤怀，觉得秋天是颓败落寞的，可在刘禹锡这里，秋天是胜过春日的。秋天可以是豪壮的，叫一行行飞鸟掠过蓝天；秋天也可以是热烈浓郁的，叫山山唯落晖、树树皆秋色；秋天还代表着丰收的喜悦，看谷浪翻滚、瓜果繁硕，到处弥漫着秋日独有的清甜气息。

歌德说："酒使人心情愉悦，而欢愉正是所有美德之母……我继续与葡萄酒做精神上的对话，它们使我产生伟大的思想，使我创造出美妙的事物！"

在秋天，我最爱的要数葡萄了。它能用在赏月时吃，也能晾晒成葡萄干到冬天吃，还能榨成鲜美的葡萄汁叫人享用。最叫我期待的是，到了秋末存下好多葡萄，我能酿成葡萄酒来品味。

对于我这个闲不住的人来说，亲自酿酒很有乐趣。去年试着做了一些，味道还不错，今年我便开了闸，做了一大玻璃桶。其实自酿葡萄酒的方法很简单，就是有点累人。首先要选熟透了的红葡萄，然后用剪刀把它们一颗一颗地剪下来，注意在剪的时候留一点果蒂，要不然清洗时水容易进入到果肉里面，影响葡萄酒的味道。葡萄剪好之后，用盐水浸泡 10 分钟，去掉葡萄上面残留的农药。接着再用清水冲洗几遍，再把葡萄表面的水分控干，最后用干净的毛巾擦拭一遍。当剪、浸泡、清洗、擦干这些工序完成之后，便可把白砂糖和葡萄按一定的比例混合，接着把完好的葡萄用手一颗颗捏碎，等发酵之后装瓶密封，过 1 个月余，美味的葡萄酒就做好了。在整个过程中，捏爆葡萄一环看似是最解压的，实际上却是最累人的，捏得多了，虎口都发酸发疼。

等秋末初冬来了，将一大罐紫红诱人的葡萄酒摆上桌，拿滤网滤去残渣，在高脚杯里慢慢倒上一杯，以手执杯轻轻摇晃，这时鼻尖轻嗅，满面都是秋天浓郁浪漫的气息。再三细闻，久久不忍下喉，终于轻缀上一小口含在嘴里，那如同仙露般的芳香液体在唇齿间流荡，让人回味不已。等这一口酒进入肚腹，甘甜中又有辛辣的后劲，让人仿佛感受到了葡萄生长的变化：从春的蓬勃、夏的火爆，到秋日的醇香。我透过杯子凝望着一颗颗小气泡，仿佛看到了葡萄们一点点长大再由人享用的过程。它们在杯壁上叫嚣着，壮烈走完一生的快乐。

我喜欢红酒，最重要的原因当然是它的浪漫情调吸引着我。无论有多么劳累，无论心情好坏，夜深的时候，一曲小调，抿上一小口，缓缓地品味，任凭酒魔在怀中跳跃旋转变幻，在曼妙的音乐里，浅酌细品，绵长的回味，飘扬的情思，几杯下肚，会让你忘记烦恼，忘记劳累，只有在这一刻，你觉得你是属于自己的，像红酒一样，你是妖娆的，你是美丽的，在深夜里舒展着自己的身躯，放纵着自己的心情！你才觉得生活就应该是这样用来享受的。柔和的音乐像月光下的潮汐一般，轻轻地漫卷过来，合着醇醇的酒香，轻轻地打着你浪漫的心。在似醒非醒、似醉非醉的状态中，你会觉得它柔柔的、软软的，时而悠长缠绵，难分难舍，时而迷离朦胧，欲醉欲仙，仿佛时间停止了，不知今夕何夕。而在这之前和之后，你身不由己，属于亲友同事上司、属于无奈无聊、属于没意思、属于尘世！

"葡萄美酒夜光杯"，等星星落满窗子的时候，我终于明白了这句诗里简单又纯粹的美好。同秋日举杯，便是对它最高的敬意。

烤红薯

红薯是很能提供情绪价值的食物。

在饥贫的童年里，它是叫人时而珍爱时而厌烦的吃食。小时候母亲常用红薯熬玉米糁子粥，或者将红薯直接上锅蒸了让我们吃。一碗黄亮喷香的粥，抑或是一只热气腾腾的蒸红薯，多数时候都会叫我们姐弟几人争抢不及，然而日日拿它果腹，总有吃厌的时候，可抱怨过后仍旧眼巴巴等它下肚。在省城上学时，家境略好些，红薯也从填肚变成了零嘴，成了校门口勾人肚腹的必备小吃。此时我对它不讨厌也不喜爱，偶尔买点来吃，只是学生时代里独特的快乐罢了。一放学，烤红薯摊前站满了人，叽叽喳喳的欢闹声里，烫嘴的红薯具体是什么口味倒也不重要了。

如今已近中年，烤红薯反而成了我最怀念的旧时记忆。

近两年工作繁忙，24小时值班也是常有的事。有次接连几日的加班，人人都疲倦，支书不知从哪弄来了一袋红薯给我们解馋，也算工作之余的乐趣。然而我们却并未享受到烤红薯的快乐，炉火太旺外边烤焦了，里面还是生的，炉火小则里外都是生的。几次失败后，剩下多半袋红薯就被我们抛之脑后了。

过两日，突然有人提议将红薯埋在灰堆里去闷烤。于是我们先是拢起一个火堆，等火正旺时将它扑灭，将燃尽的灰刨个坑，再把稍小些的红薯埋进去。果然不一会儿，红薯就从灰土里飘出了香气，可刨开来看，仍旧是外糊里生。如此一来，大家不禁沮丧。这时村民老徐说："要有耐心，把红薯埋进去，不能一直刨来刨去。红薯只有在灰堆里聚的那股气中慢慢熟透，吃起来才会香甜湿润。"在他的帮助下，我们重新清理了火堆旁的杂灰，只留下刚燃尽的干净的灰，等把红薯埋进去后，再把灰捂得严严实实。约莫半个小时后，红薯再次飘香。老徐说千万不能心急，还得再等上半个小时。大家只好耐着性子又等了半个小时，这时的烤红薯香气极浓郁馋人。当一个个烤得外焦内黄的红薯被扒出时，同事们顾不上干净不干净，都争抢起来。然而吃烤红薯是最心急不得的，大家被它烫得龇牙咧嘴，只好又把红薯撂到地上，摸摸耳朵又捡起来继续。来来回回几次，烤红薯的温度稍稍降下来后，赶忙剥去最外边的那层皮。甫一入眼，是焦黄脆嫩的第二层皮，这一层上的糖汁被烘烤出来，甜滋滋又有嚼头。第二层皮被揭开吃去后，就是软软的赤黄色的红薯瓤了，张嘴咬下，又是被烫得险些落泪。可等舌尖裹着一口红薯匆忙下肚时，暗沉的夜色里，我仿佛看到幼时的自己围着火炉等吃红薯的景象。

烤红薯的香甜味道从未变化，可似乎比从前少了些情绪，譬如旧时光里的纯粹快乐，少年时代里的简单美好；然而它好像又添了些不一般的意趣，那就是沉淀了二三十年的人生感悟。在越来越广博的道途里，只有这烤红薯仍是始终如初。

花果酿四季

　　偶然读到宋人晏殊的一句词"青梅煮酒斗时新",突然馋起青梅酒来,炎炎夏日,来一杯清冽酸甜的梅子酒,该是多么愉悦的事,便想自己动手做一瓶青梅酒。

　　几经周折,买的梅子终于到了。周末,带着儿子先把青梅一颗颗洗净,再将它放入玻璃罐中,撒上盐浸泡两三个小时,泡好后再清洗一遍,放阴凉处晾干表面水分。这时找来大罐子,按照一层青梅一层黄冰糖的顺序放好,末了倒入米酒,罐子密封存储1个月到3个月,酸甜清爽的青梅酒就做好了。浸泡1个月的青梅酒还稍有些涩,到3个月时,青梅的滋味就全都出来了。

　　有了青梅酒的成功经验,我对花果酿酒产生了浓厚的兴趣。

　　"欲买桂花同载酒",秋高气爽的8月,我去捡来桂花做桂花酿酒。花酿酒的做法略不同于果酿,要经过两层发酵。先将干净干燥的新鲜桂花同绵软的白砂糖一起发酵，3 天后取出来，放进晾干水分的坛子里，放入红枣、枸杞或者你喜欢的其他东西，倒入白酒或是米酒，3 个月后就能尝到清香甜蜜的桂花酒了。快入冬时，家里存下不少砂糖橘，我又依此做法酿了橘子酒。

"二两桃花酿作酒"，到来年春天赏桃花时，我便想借一瓮桃花封存住美好的春日。做法同桂花酒大同小异，不过浸泡 1 周便可享用，3 个月为最佳。其实无论哪种花果酒，都是浸泡得越久越好，味道越香醇。

到次年的盛夏，我看着屋角的花果酿酒们，心里很是得意。自此，我就是能同时拥有四季的人了。

随着果香和酒香的融合，每每打开封盖，我闻着桃花酿的芳香、梅子酒的清冽、桂花酒的清甜以及橘子酿的浓烈，鼻尖萦绕着整个四季的味道，心情极为畅快。

有天独自一人品酒的时候，突然想起自己这一年的酿酒经历，发觉自己不仅掌握了一门新技术，也从中学到了一些道理。人生正如酿酒，随着时日渐长，便越能觉出生命的滋味。你对生活付出多少，便能收获多少；同样的，你用心付出多少，生活也能加倍地回馈你多少。

如今又是春天了，我要再试试梨花酿。

枣面

　　将将到深秋时节，王台村的大地上尽是一串串忽隐忽现的长圆形红枣，似珍珠，赛玛瑙，引得人把口水咕嘟咕嘟往肚里咽。家家都不舍得生吃这枣，觉得这样太浪费，定要做成枣面存到过冬吃。

　　枣面，起源于宁县城北川，归炒面类的，是晋土上一道风味独特的美食。大枣味甘性温，补中益气、养血生津，本就是大补的果种。早前农村人没有储存条件，这才把红枣碾作枣面，既能做饱腹的零嘴，又是养胃消食、滋阴补气的补品。

　　枣面做起来不难，只是略烦琐些。但深秋了，人们农忙后有大把时间，倒很乐意细细去做这吃食。人们在和暖的晌午，把打下的枣子反复淘洗干净，穿串挂于屋檐下，或者平铺在打谷场上，叫秋阳把丰腴的红枣们晒得干瘪暗红，晒的程度不够的，又被放在热炕上继续烤。等红枣们全被晒干或者烤干，妇女们便把它们搁进簸箕里，一枚枚掏走枣核。没了核的它们又被置于硬木砧板上，由家里的男人们像剁饺子馅儿般剁成细碎的小块。不多时，人的手上、屋子里，甚至园子里的空气中，都氤氲着甜香。剁好的枣肉最后被摊在碾麦的石磨上，不大工夫，它们经磨眼进去，从磨齿出来，再经箩儿晃落在面柜里，清香的枣面便好了。

人们把枣面盛在鸡血色的大瓷罐子里，盖紧盖儿，防止它受潮发霉。这时，吃枣面是最快乐的事情了。可以拿勺子舀了直接吃，也可以加温开水拌成絮絮吃，吃起来过喉利朗，满口留香。老人们和孩子们尤其爱吃这枣面，对老者来说易嚼，对孩子来说是难得的零嘴。秋日下午，小孩子偎在姥姥膝头，最爱听跟枣相关的故事。

说这晋枣，也就是现在的宁县九龙金枣，最早起源于唐宋时的宁州晋枣。进贡过唐宋皇帝的晋枣，早在周老王坐庆阳的时代，就跻身"五果"（桃、李、梅、杏、枣）之位。晋枣品质好的缘由是气候条件，这里四季分明，冬不酷寒，夏不毒热，一年中的8个月都是暖润适宜的天气。现如今，城北川产九龙金枣的核心村是王台村，树龄超过200年的枣树多达5棵。晋枣优质却低调，它不与杨柳争绿，不和百花赛秀，不招刷屏点赞，当开花开花，当红果红果，然而它补虚强体的功劳，无其他瓜果替代。城北川的土，成了枣树的乐园，园里风光。

说起枣面，还有则颇有意思的故事。据传，明成化年间，由一介草民跻身高堂的王台村人吕经，自带干粮遥赴泾州（今泾川）读书。因逢热天，他带的蒸馍锅盔变馊变质，无法下咽。过了一年，他形消体瘦得像截枯树。吕经的母亲见状，心疼之余，决定想办法做些不易变质的食物。正是盛秋，她灵机一动，做出了这枣面，用干燥的布袋装上，果然不容易变馊。吕经热天里不仅不再瘪肚子，还越发的颜面红润，神采飞扬。人们都好奇他吃了什么补品，便纷纷登门访探。吕经的母亲和盘托出枣面做法，村里家家效仿，枣面越传越广，以至于华夏产枣之地，都盛行吃枣面。20世纪30年代到40年代里，活动于今子午岭林区的红军游击队员们，也把这枣面当作首选的充饥必备干粮。战士们饥饿难挨时，吃上把枣面，喝几掬溪水，很快便精神焕发。

如今人们再吃枣面，早已不是用来果腹，而是作为新奇的特色美食品尝。带着饥饿记忆的枣面，随着时代产生了一种朦胧的美感，转化为乡愁里的辛酸和甜美。

宁州水花席

　　相传水花席是古邠国宁州宫廷的宴席，革故鼎新于秦汉的乡间，他们传承先人做水花席的手艺，又传给从秦关中移居的百姓，到如今，水花席成了宁州大地上过红白喜事时，用来招待宾客的最佳席面。

　　宁州水花席上的菜，通常是由带着肉片的荤味四大碗，带着汤水的素菜4大碗，以及1大碗凉菜组成的9大碗。有肉片的4大碗硬菜摆放在红木盘子的四角，4大碗汤水的素菜也叫稀碗子，摆在四柱子的中间，那1碗凉菜摆在木盘子的最中间。这9大碗不能多不能少，规规整整按顺序摆好，便是水花席里典型的"九碗三行子"。

　　而在早胜塬的水花席里，荤的4大碗垫底的全是豆腐，豆腐切成厚厚的旗花状在油锅里炸了，再铺到碗底下，肉片则放在最上面。4个稀碗子里边放的食材是红白萝卜、白菜、黄花菜、木耳等食材。一大碗凉菜可以是豆芽、菠菜，也可以是凉拌红白萝卜丝。除了凉菜的荤素8碗菜还要上锅蒸10分钟左右。

据老人们讲，水花席放9碗有一定的说法，是根据周人之礼来的。周人将水、火、木、金、土五行星和罗睺星、计都星与日、月称作"九曜"；将赤、橙、黄、绿、青、蓝、紫、黑、白，叫"九色"；把道、儒、墨、名、法、兵、农、纵横、杂家叫"九流"。吃席的人千人千面，按周礼来说九九不一，故而席上放9碗为最好。而早胜塬这边的水花席，在此基础上略有不同，过喜事的时候水花席会变成10碗，是又多了1道凉菜，寓意添丁添口，十全十美。

水花席的制作上，每道菜看似简单实则很显厨艺。譬如看似普通的肉片，制作流程其实是很烦琐的：肉片用滚水煮好后，再抹上由白糖和油炼制而成的酱，把抹好酱的肉下油锅里再过一遍，这样的肥肉切成片子吃起来肥而不腻。又譬如调味用的辣椒油，泼辣椒油时在锅里放入香菜、大葱、姜片、大香（八角）用热猪油过一遍然后捞出，再用这过了调料的油把辣子一泼，辣香味就都出来了。凉菜中的蒜泥也是捣碎后过了油的，再用加了各种调料的辣椒油一拌，味道甚是独特。如此一来，通红通红的辣椒油，浓赤色飘香的酱料，以及辣中带麻、麻中带香的各位调味，让这9大碗的滋味更加丰富。

宁州人对水花席的座次也非常讲究。桌子是八仙桌，1张桌子一般坐9个人。德高望重的老人坐在席上主位的太师椅，其余人按照亲疏远近分布来坐。但小辈们的座次通常不会这么严谨，除了主位的，其他人都是随意落座。有酒的时候，坐在主位上的人会先招呼同桌的举杯共饮，而后才可动筷吃菜。每个人也都是就近吃眼前的菜，荤菜上边的两片肉每人 1 片，不能多吃，而那 4 个稀碗子和那 1 道凉菜大家可以随便吃。

　　一场水花席吃下来，不仅红白喜事办得好，人们在这相聚里也乐得开怀。然而现如今，水花席却很少有人办了。一方面是越来越多的年轻人去县城了，水花席失去了传承；另一方面是村里的人少了，余下的老人已经没有精力去大办一场了。有时不禁会想，在代代人的更迭里，还有多少传承在逐渐消逝呢？

凉粉筋筋爆炒肉片

　　杨河组有道鲜少人知的美食，叫作凉粉筋筋爆炒肉片。

　　"就是这个味道！快40年了，这凉粉筋筋配上熏土猪肉片子，还是一样葱茏鲜活。"支书边吃边陶醉地讲着贫穷的旧年岁里，凉粉筋筋带给他的快乐。

　　凉粉筋筋爆炒熏土猪肉片，属这一带山里人家的农家菜，也是人们用来招待贵客的拿手菜。村民冯厚旺的老婆见我爱吃，便借此大方聊起天来。她说这道菜是跟母亲学的，而她母亲又是出嫁前跟她外婆学的。在女人们的手艺传承里，这道菜的风味愈加浓郁起来，饱含了母亲们的不舍和爱意。

　　这菜的精髓首先在粉筋，制作起来尤其耗人心力。

　　每年太阳晒炸脑壳的三伏日里，是做粉筋的最好时日。妇女们选好天气，将黑沉沉的荞麦榛子先用清水泡个半天，泡至柔软，然后捞出来装进粗布捏包里，两手使足劲揉拢捏包，令捏包里的荞麦糁子汁液滤出。墨色的汁液尽数流进铁锅，等炉底的温度上来，再拿擀杖在突突冒泡儿的铁锅里搅个一阵。约莫半个小时，稀薄的汁液逐渐被缠搅得黏稠起来，直至半透明时，粉筋便做成了。

这时要趁热用木勺舀出热粉筋，平铺在案板上，用擀杖把凉粉面儿拨得光滑平整。等粉筋凉透，将它先切成大小均匀的方块，再切成拇指宽厚的小条。一切准备妥当，粉筋就该接受太阳的炙烤了。将盛在瓷盆子的凉粉条，一根根地均匀摊于麦秆帘子上，在太阳坡里暴晒成凉粉干。最后把干燥的凉粉干装进布袋，挂在窑垴崖洼上任烟缓缓去熏。不出三五日，凉粉筋就彻底制成了。

粉筋做好后，便要开始预备熏土猪肉，又是一道复杂工序。

熏土猪肉的肉是上年腊月打春前，宰下的成年黑土猪的肉。被取走脏腑和头蹄里物的土猪，叫家里汉子剁割成一吊吊的长条肉，成排吊挂在厨窑窑垴崖洼上的木头楔子上，由灶膛里的烟日日去熏。熏肉的烟看似随意，其实也有讲究——必得是农家柴草烧出的烟。山里的柴草种类多，有酸枣、狼牙杆枝，松柏槐柳的枯枝败叶，还有小麦、玉米、高粱、糜子、谷子、胡麻、莛、豆子的秸秆包衣，甚至有辣椒株和各类瓜果的藤蔓。这些柴草的烟够野性，气味也大，熏出的土猪肉味道极浓，很有深山人家的烟火气息。

熏肉制好，农人们是不舍得吃的，要留在年下除夕夜上吃，再余下的就留作待贵客食用。

哪个雨后的晌午，太阳落在洋绿溢青的西山，迎着久不相逢的亲友。主人家一脸欢喜，忙以好茶迎客，接着便要去准备这道凉粉筋筋爆炒熏土猪肉片了。主妇从窑崖洼取一条熏猪肉，又从瓮里舀上两马勺清亮泉水，把熏肉和粉筋分别泡上。一盏茶工夫，熏肉开始飘油，粉筋也柔软起来。这时把熏肉切成半透明的薄片，再准备上葱花、蒜蓉、红辣椒丝等辅料。油锅八成热时，辅料下锅煸出香味后，立即倒入熏肉片爆炒，一时间，熏肉味弥漫满屋。1分钟左右，放入粉筋条，淋上酱油、盐面、大香面、辣椒面、姜面和少许水，盖上锅盖，大火烧焖5分钟，再加适量粮食醋，这道美味便成了。刚一端上桌，正谈话的来客便被这菜引得住了口，直悄咽口水。一筷子菜入口，满口的酱香、醋香、熏肉香、凉粉筋筋香和辣椒葱蒜香，叫人再也停不下来。

这菜的做法，虽远撵不上《红楼梦》里那腌豇豆的烦琐，却也是山里人极致的雅趣了。故而叫人相隔40年后，仍惦念这口味道。在平淡又繁重的农活之余，人们就地取材，用心熬时间研琢出的美味，不正是穷苦百姓对生活的向往？

吕大娘的搅团饭

吕大娘手拿擀面杖在大铁锅里迅速翻搅着，时不时擦着额头上渗出的汗珠。她一直重复着这样的动作，不知搅了多少下，她倏地停下动作。只见吕大娘用刀在面糊中间划了一道十字，又盖上锅盖，再蹲下去将炉底的柴火分散，小火慢慢烘着。未作停顿，吕大娘从水瓮里舀出一勺水，把案板涂抹湿滑，这时把缠好的搅团舀出来放在案板上，用擀面杖抹得光滑平顺，这缠搅团就做好了。还没完，她用铲锅刀将烤干的锅底轻轻铲下来，一个锅底壳的模子就呈现在来了我的眼前——它是搅团的"瓜瓜"，也就是人们常说的锅巴。

吕大娘掰了一块瓜瓜塞给我，笑着让我尝，并得意地说，她做搅团的手艺在村里绝属第一。

我一边冲她竖大拇指，一边嘎嘣嘎嘣地吃着瓜瓜，她的手艺确实厉害，这瓜瓜灿烂金黄，口感焦香，想必搅团也是一流。

吕大娘见我吃得香，和蔼地笑着，叫我等着吃美味的搅团。

她佝偻着身子给锅里倒水烧水，又蹲下去给炉底添柴，接着开始和面，一边撒面一边搅，一气到盖上面盆盖才算完。谁能想到，这是 83 岁高龄的老太太了，身手竟如此利索。

"我今个真高兴，第一书记来我家，别的茶饭咱不说，缠个搅团咱能行，大锅里边缠搅团，七十二搅胯轮圆，锅里搅得转圈圈，一把葱来几瓣蒜，韭菜灰条菠菜拌，农家菜来农家饭，如今日子家家好，感谢政府感谢党，招呼书记我欢喜，你这女子真不赖！"吕大娘真个儿精力十足，手里干着活儿，还能哼出小曲来。

吕大娘对村干部的来访十分高兴，后来我才得知，她年轻时是村里的妇女主任。她年轻时候，更是性格开朗，为人豪爽并且健谈，和群众关系极好，是百里十户的知心人，帮助了不少孤寡妇女。现如今反过来了，她成了村里的关心对象。对于我们的微薄帮助，吕大娘总是铭记在心，多次叫我去她家吃饭。今天我给她送治大骨节病的药，她硬要我留下来给我缠搅团吃。

不一会儿，吕大娘就收拾出一桌子菜来，一盘凉拌菠菜，一盘凉拌灰条菜，一碟子瘦肉末。至于搅团，被她切成旗花状盛在碗里，边上放了用熟油泼好的辣子调味汁和韭菜烫菜。搅团晶莹软滑，配料红辣喷香，看着就叫人口水直流。不再客气，我大口吃起饭菜。搅团一入口，嘴里香软滑爽，就着小菜更为可口。

吕大娘边吃便跟我说："早些时候，搅团是庄户人填饱肚子的家常便饭，家家会做。那搅团要做好，需得 72 搅，这 72 搅为顺时针 36 下，逆时针 36 下。但要是用苦荞面做搅团时，那 72 搅必须是顺着搅，不能反着搅。"我疑惑地请教其中缘故，她笑笑，告诉我说，苦荞面硬，如果两个方向都搅的话，面更硬，吃到胃里不好消化。再者说，苦荞面苦，人们日子又过得苦，大家都希望顺着搅能搅出好日子，如果反着搅说明是倒退走回头路，不吉利。我咽下最后一口搅团，心里暖洋洋的，又替他们这代人感到庆幸。现如今日子好了，老人家们不必再吃那苦荞面了，也不用拼命想着吉利话了，只求一个健健康康安度晚年就行。

我帮着收拾灶台时，吕大娘又教我搅团的很多吃法。

她说搅团可冷吃，也可热吃。冷吃时，在盛搅团的碗里拌上些纯粮食酿的醋、酱油、烧熟晾凉的荏油或芝麻油、花椒籽榨的麻油、红辣椒面、蒜泥、姜末、香菜末、葱末、味精等兑制的汁子，怎么吃都爽口开胃。若热着吃，一般是做搅团汤。将滚烫的搅团从铁锅里盛出来，放得稍微凉些，再用筷子划拉成碎块，浇上臊子汤，或牛肉面汤，又或是酸汤，这么吃起来，不一会儿肚腹生香，浑身直冒热气，最适宜秋冬天凉时吃。

"再过些日子，你可千万要来家里，再尝尝大娘做的酸菜搅团汤。"临走，吕大娘握着我的手几番叮嘱。

我等走远了才回过味来，她叫我吃搅团是一方面，想找个人谈谈话才是要紧。吕大娘是想自己的孩子了。

几经波折的臭豆腐摊

最先爱上臭豆腐是在省城上学时，由表姐带领着吃了人生第一口臭豆腐。忘了最开始吃它的心情，只记得自那以后一发不可收拾，隔三岔五就买来解馋。

毕业后回到家乡工作，便时常惦记这口吃食，然而县城没有卖的。直到有一次去市里，参加普通话测试结束后在街上闲逛，突然被一阵奇臭无比的味道吸引。寻味而去，果然是个卖臭豆腐的小摊。摆摊的是对三十几岁的夫妻，他们除了卖臭豆腐还有烤饼夹菜等。老板娘说，爱吃臭豆腐的人三天两头来，不爱吃的人连他家的烤饼都不买，生怕沾了那臭味。我笑着赞同。

他们家的臭豆腐不光有白色的小块，还有黑黑的豆腐干。老板娘极力推荐黑豆干，说是她老公家乡一带的小吃。她老公原先是做医疗器械销售的，但业绩不怎么好，后来看见她的路边摊生意挺好，就想着顺带卖卖家乡的臭豆腐。他全部自己手工制作，黑豆干的配料、辣椒酱的配料用油都很讲究。我起初并未太在意，做生意的人大都喜欢这样宣传自己——手工制作零添加。再者说，毕竟是一个路边摊，食材和配料能好到哪里去？

臭豆腐炸好之后，我因赶时间就打包带走了，等到回家吃饭时才将臭豆腐拿了出来。咬下第一口前，我笃定这家的味道不如省城的，谁承想，一口下肚，我的灵魂瞬间被臭豆腐折服了。辣、香、臭三者掺杂着的味道，像暴风骤雨般迅速占领了我的舌尖，游荡在我的口腔，瞬间叫我的味蕾和肚腹为之沦陷。"外黑里嫩青方块，把酒临风十里香"，我愿把臭豆腐的最高评价赠予他们。黑豆干外黑里白，外焦里嫩；白色臭豆腐则臭得纯正，外边炸得金黄酥脆，嚼起来有老豆腐的口感。不管哪一种，都是既有白豆腐的新鲜爽口，又有油炸豆腐的芳香松软。除了一流的口感，这家臭豆腐的味道也极特别，不同于省城吃过的那么刺辣，而是辣中带着一丝甜，一口下去，说不上来的各种味道在舌尖舞蹈。

自此，我只要去市里都会光顾他家的臭豆腐摊。

然而两年后的一天，当我再一次去买臭豆腐的时候，却再也寻不见他们了。原先的臭豆腐摊变成了炸串摊，新的小吃摊老板也不知他们去了哪里，我很是遗憾，但也只能作罢。

臭豆腐还是要吃的。

随着时代发展，县城的经济发展了起来，早市夜市到处都是，天南海北的吃食遍布大街小巷，卖臭豆腐的小摊也越来越多。我见了臭豆腐摊总是走不动道，多少要买两块尝尝。然而后来遇见的臭豆腐摊都不如意，吃了之后要么舌头都被染黑了，要么就是太刺辣导致胃不舒服，又或者是吃了闹肚子。总之就是味道不对，也不如那家臭豆腐摊的食材健康。如今我完全相信了，那对夫妻是诚信做人，难怪他们的回头客最多。这一对比，我更加怀念那对夫妻的臭豆腐，后来又多次寻找过他们，但都没有如愿。

又是几年过去了，就在我几乎忘记他们时，他们却又出现在了我的视野里。

某个逛完商场的傍晚，我竟在街角看到了他们熟悉的身影。我欣喜若狂地跑过去，一口气买了好些，似乎是要将这几年没吃上的遗憾全部一次性补上。在他们炸豆腐时，我们又像从前一样热切聊起天来。我带些怨念地告诉老板娘，好几年寻他们不见，再买的臭豆腐都不如她家的好。几年不见稍显沧桑的老板娘憨憨一笑，说家里出现变故了，做臭豆腐的生意不足以支撑家里经济，所以就没再摆摊。如今困难过去了，卖臭豆腐的摊位多了起来，他们又动了这个心思，这才又摆起摊来。现在买他们家臭豆腐的人很多，大多数是和我一样的回头客。

从第一次吃他们家的臭豆腐，到这次重逢竟然已有十几年之久。男人原本黝黑的皮肤更加黑了，头发略显花白，一笑两个小眼睛就会眯成一条缝，薄薄的嘴唇上裂开了很多口子，整个人看起来消瘦了许多。而女人略显发胖，头发看起来干枯发黄，几道很深的皱纹让她比实际年龄苍老不少。他们的体态年纪变了，可两人默契的配合没变，臭豆腐的配方味道也没变。几次相熟下来，我将吃别家臭豆腐的不如意处告诉他们。老板的话匣子一下打开了，他告诉我，别人家的臭豆腐都是在豆腐作坊里买的，肯定不够干净。而他的则是自己亲手做的，黑豆干色是用黑芝麻、荷叶末、三七等10多味药材染黑的，不是色素，吃到嘴里不会染舌头；辣椒酱是他媳妇炸的小米椒，再把炸辣椒捣成辣椒面，然后把大葱、香菜、洋葱、姜以及其他调料在油锅里榨干捞出，最后将二者混合。此时的辣子经过各种炮制后，没有了刺激的辣味，反而多了许多鲜香。至于用油，他将正在用的半桶油拎起来让我看，是超市里上好的纯菜籽油。从染料到配料到用油，夫妻俩认真对待每一个环节，这样做出来的臭豆腐又怎么会不好吃呢？

很熟之后，我也没问他们究竟发生了什么变故，他们能再次出现在人群中，说明他们已经走出了生活的磨难。后来我留了他们的手机号码，偶尔想吃臭豆腐时就先打电话预约。

再后来，因为城管和没有固定摊点的缘故，他们再次被迫停业了。好在没多久后，他们在一个巷尾终于有了自己的专属小店。而在那之前不久，夫妻俩还因为开店花销大，害怕生意不好而担忧。没想到，他们的店终究是开起来了，预想的困难也并没有出现。我在为他们感到欣慰的同时，也感念上天，终于没有绝他们的后路。

就这样，一个历经了近20年的流动臭豆腐摊，终于有了遮风挡雨的地方。

老姜的那碗洋芋糊糊面

老姜年轻时吃过一碗叫他念念不忘的洋芋糊糊面，难忘到翻来覆去地提起。

那是他刚参加工作的时候，在市里算不错的一个单位，常出差，故而见识到不少各地吃食，可只有那碗洋芋糊糊面令他印象深刻。

20世纪90年代初，人们盖房子都需要木头，那碗洋芋糊糊面就是他帮朋友买木头时，在罗山府林场民工灶上吃的，一直记到今天。

罗山府林场，位于盘克镇介家川的豹子沟。山路泥泞，交通不便，老姜常常要步行到林场挑好木材，再出山找车将木材拉出来。一日，他路上耽搁了，出山时又累又饿。山里吃食少，然而巧的是，此时不知从哪里飘来了蒸煮洋芋的香气。老姜拖着疲惫的步子顺着香味走，最后来到了民工的灶上，原来是民工伙房正在做洋芋糊糊面。见他来，热情的民工们招呼他一起吃。老姜饥肠辘辘，很想大快朵颐，却又担心没有多余的饭给他吃，便提出给钱或者赠送木头做交换。然而憨厚朴实的工人们怎么都不要钱，只笑着叫他放开肚子吃，灶上还多的是馒头饱腹。老姜带着感激吃起来，那滋味叫他今天想起来都直咽口水。那锅洋芋糊糊面其实也没放多少佐料，左不过是拿大铁锅煮到绵软，直到汤色乳白发稠，再撒些盐、猪油和大香。然而就是这样简单的食物，老姜回忆起来却是"吃了两大碗，鼻尖上直冒汗"，可见这洋芋糊糊面多合他心意。

后来他再去，却没有再见这民工的灶，许是干完一处活计搬走了。而这洋芋糊糊面，却叫他千思万想起来。老姜在家里尝试自己做，可就是做不出那个味道。

老姜砸巴着嘴赞叹那碗食物的美味，但他其实知道，这不过是当年太过饥饿，又加之年代滤镜，才让他最终念念不忘。若是今天，一模一样的洋芋糊糊面放在他面前，他也未必能吃出香味来；又若是当年给他的是两个大饼，那今天老姜难忘的美食，或许就是那两个喷香的饼了。

事实上，关于美食的记忆，都自带密码，藏在其中的正是难忘的某段经历。吃水不忘挖井人，老姜怀念洋芋糊糊面的心情也在于此。

所以直到现在，哪里有开洋芋糊糊面的面馆，老姜都会去吃一碗。如今铺子里的洋芋糊糊面是极丰盛的，汤底是肉汤熬制的，汤上有香菜和葱花装扮，调料多了大蒜、姜粉、味精、鸡精等，有的甚至还会配一碟小凉菜。老姜细细品味的同时，努力去回想着当初走山路的日子。

尽管入口的洋芋糊糊面并不合心意，但他在一口一口的汤面里，总能找到一点旧岁月里的单纯快乐。

如山如海

外婆的这一生

门前训棍今犹在，如今不见训子声。

2022 年 7 月，95 岁的外婆走完最后一程，结束了她辛劳、节俭、朴实的一生。妈妈和舅舅们跪在灵堂泣不成声，之前他们再大都是外婆的孩子，可如今，都成了没娘的人。快 80 岁的大舅一把鼻涕一把泪，嘴里絮叨着多少年前的"陈芝麻烂谷子"；七十好几的二舅腿脚不好，但始终守在灵前；年近 70 的小舅致答谢词时，一度哽咽到说不出话来；外婆生前，常在她床前侍奉的是妈妈，可恰恰外婆走的时候妈妈没在身边，成了她永久的遗憾。每个人的心中都是万般不舍，却也只能悲戚着接受现实。

外婆健在的时候，表姐夫们总开她的玩笑："奶奶，啥时候吃你的羊肉呀？"老人离世吃羊肉是我们本地的习俗，晚辈可以在高龄的爷爷奶奶跟前开这样的玩笑，作为反话图个吉利长寿，但血缘不近的人断然不能开这样的玩笑。每当外婆听到这样的话，她总是抬起眼皮，不紧不慢道："好瓜娃子哩，奶其实也不想活了，可惜阎王爷又不叫我走呀！"就这么说笑中，外婆度过了一年又一年。

外婆一生坎坷，出生不久父亲撒手人寰，被母亲领着改嫁川道一户人家，那户人家十分嫌弃她，没办法，外婆的母亲只能将她寄养在弟弟家。后来外婆还未到适婚年龄，便被迫早早嫁给外公。外公虽能识文断字，但脾气很坏，时不时就家暴，他在我 5 岁时便去世了，对外婆而言算是不幸中的万幸了。外婆一共生养了 8 个子女，5 女 3 男，母亲在女儿中排行老三。直到晚年，外婆的生活才好些。

在我小的时候，父亲作为村干部总是早出晚归，家里家外的活全靠母亲一个人，为了减轻母亲的负担，外婆就常把我接去他们家养。因此我是外孙辈里，跟外婆亲近最多的一个。

和外婆在一起的童年是很快乐的。

小小的我常跟在外婆后边，手里拿着烧火棍，陪她喂猪喂鸡，看她踮着小脚忙前忙后。等一天的活忙完了，外婆就拉着我走在乡间的小路上，教我唱"着豇豆角，弯又弯，那边来了个大懒汉，懒汉回家拿锄子，我们快叫懒汉把草锄""脚脚盘，数三哈（下），三哈（下）整，整簸箕，簸箕里边晒的臭豆豉"等童谣。岁月模糊了童年的许多记忆，但外婆的身影却如雕刻般直立我心间。那苍老而温暖的手，牵着我走过的路，是童年里最美好的记忆。这个世界上，除了母亲，再不会有人像她这样爱我。

再大些，因上学的缘故，逐渐和外婆不那么紧密了，但她始终是我最敬佩的人。

外婆的手很巧，做什么都精致。爷爷过世 3 周年时，迎饭用的各种吃食，及用食材做出的各种花样，都是出自她手；20 世纪 90

年代初，外婆用舅舅穿旧的黄胶鞋底子和磨烂边角的人造革皮包做的鞋子，常常被人追着问是从哪里买的。我想，如果那个时候我们懂生意之道，外婆的手工面点和小皮鞋一定会大爆。

外婆很爱干净，做起事来井井有条，遇事从不慌乱。她年纪很大时，也不恐慌自己的衰老。我们不管跟她讲什么，她都听得津津有味，遇到听不懂的才会问一两句。她一个人的时候，也不觉得无聊寂寞，只是沉浸在自己的世界里，走完自己的最后人生。然而如此爱干净的外婆，后来由于脱肛严重，肛门上总会有苹果大的一截肠子留在外边，也终究为此痛苦起来。忍耐不住时她总是念叨："怎么还不死？阎王爷天天收人，为什么不收我呢？"

外婆虽然生在旧社会，大字不识，但做人光明磊落，做事掷地有声，心态一直很好。在她的晚年里，身体硬朗，能吃能喝，耳不聋眼不花，接受新事物特别快，活得十足幸福快乐了。外婆92岁时，还被表哥带着逛了三亚，她学着大家在海滩上漫步，坐在海边吹海风，端着高脚杯优雅地喝红酒，谁会想到这是一个历经了百般苦难、在西北农村熬了快一个世纪的老人？外婆在94岁时，还每天吵着要表哥帮她磨咖啡喝。有次，我们在表姐的抖音上，看到一个喝完咖啡还要固执地舔杯子的老太太，震惊之下发现，那竟然是外婆，她甚至很乐意地做起了"网红"。

记忆中的外婆是永远是这么乐呵着，一点都没有垂垂老矣的姿态。外婆70多岁时，小舅盖房子，还没等工人来，她和舅妈就已蒸出了几大锅馒头，给十几个工人做好了饭；外婆80多岁时，大冬天里还敢吃凉皮、冰柿子，一顿能轻松吃下半个猪肘子；她90岁时，还能给休假回来的表哥搓菜面吃。每次体检，医生总会很吃惊地说，外婆的心脏就像40岁左右的小伙子。所以大家都毫无疑问地认为，外婆一定会活到100岁。

可终究是事与愿违，外婆的人生停留在了她95岁时。

很舍不得外婆走，但也不想她活着遭罪。衰老与死亡都是生命必经的过程，像日出日落花开花败。我没有预想的那样悲痛难过，只是试着去接受，去理解生命的意义。外婆曾像是一盏灯，为168口人点亮光明。可如今，她走了，灯也萎了。然而所有人痛哭过后，看着重新升起的太阳，也只有仍旧好好活着。

像外婆一样好好活着，即使大半生坎坷，也从不惧怕风雨。

大伯的"严"和"宠"

偶然在朋友圈看到一篇老警察的报道文章，里面有一张警察年轻时颁奖的照片。而我一眼就看到了年轻时的大伯，他身穿警服，身姿挺拔，喜悦中透着威严。我轻抚照片，这上面的人，如今只有大伯已掩埋于一抔黄土之中。

我对大伯的感情很深，而这份感情起先则源自他对我的宠爱。

记忆中，大伯把严厉给了两个哥哥，却把溺爱都给了我。大伯脾气不好，平时在大哥二哥跟前总板着一张脸，也寡言少语。若是他俩学习退步了，或是睡懒觉不干卫生，都会遭到大伯一顿臭骂，甚至是棍棒教育。所以只要大伯休假在家，大哥二哥总是小心翼翼的，生怕一不小心惹他生气。然而面对我时，大伯却像个十足的"女儿奴"，冷酷的脸上总是充满笑意。有时大妈午饭做好了，而他在睡午觉，这时大哥二哥便会把叫醒他的任务交给我。我总是先悄悄地溜进上房，再倚在炕边，拿小草叶子挠他的脸和鼻子，被我弄醒的大伯常常装睡逗我玩一阵，才起身牵着我出去吃饭。

在我和哥哥们同时犯错时，大伯也会偏袒我。小时候的我像个假小子一样，跟在二哥屁股后边疯玩。他偷邻家的杏子，便由我来望风；他上树掏鸟窝，我就给他扶着梯子；即便是他跟其他男孩子打核槃仗、打雪仗，我也是用衣襟给二哥包核槃，或者帮他捏雪球。我俩调皮捣蛋干的这些事，若被大伯发现了，指定免不了一顿暴打和批评教育，然而挨打都是二哥的。在我的心里，大伯就是我的保护伞和避风港。我要是犯了错被父母揍时，只要跑到大伯跟前，他都会护着我，不叫我挨打。

记忆中大伯在我面前也非常严厉过，那是在一次"丢枪事件"里。那个年代，警察都有持枪资格，平时大伯非常宝贝他的手枪，每回到家里，他总会用红绸子把枪擦得铮亮。大伯一再告诫我们不能动枪，但我和二哥还是没忍住，把他的枪偷拿出去当玩具枪玩。那天大伯午睡醒来，发现自己的枪不见了，吓得够呛。对警察来讲，枪不能离身，离身就等于失职，更何况那把枪里还有子弹呢！大伯冷静下来后，料到可能是我们拿走了。当大伯找到我们时，我和二哥玩"警察抓小偷"玩累了，正坐在邻家的柴火堆上摆弄那支枪，想着用什么方法可以拆开它。大伯突然出现在我们面前时，二哥吓得手直哆嗦，将枪一下子塞进了我怀里。我记得大伯的脸色特别难看，三步并作两步，上前一把从我手里夺过枪，转身就踹到了二哥身上。那是大伯打二哥最厉害的一次，从那以后谁也没有再动过他的枪。

大伯无论是脾气暴躁还是对我宠溺，一旦穿上警服，他又是另一番模样，绝对的铁面无私和刚正不阿。

中专毕业，我在县城的小学当实习老师，曾在大伯的单位住过一阵子。曾见他训斥一个年轻的警察，训斥完又让对方在院子里站了大半天。太阳炙热，我感觉那个年轻警察都要晕倒了，便悄悄替他求情。然而大伯却严词拒绝，告诉我如今小错尚可惩罚，将来若犯了大错，是罚站再多天都没用的。我这才明白他的良苦用心，他的严厉其实是在教育下属，避免以后酿成大错。还记得有一次，大伯休息在家帮忙收麦子，这时值班同志接到举报电话，说是执行公务时遇到棘手的事情，他们拿不定主意。20 世纪 90 年代家里还没有电话，值班同志们是开着三轮摩托车来家里汇报情况的，大伯听完前因后果，二话没说坐上车就跟着回去加班了。大伯急得衣服都没换，他破烂的衣袖随风摇摆，似乎是在向邪恶宣战。

大伯在 22 年的从警生涯里，得罪了不少人，也挽救了不少人，尤其是那些差点酿成大祸的失足少年。就在他去世下葬那天，为他送行的除了亲戚朋友，还有两支特别壮观的队伍。一支是他的战友们，而另一支则是曾被他多次训导、被他呵斥为"土匪"的失足少年们。他们共同迈着整齐的步伐，从村口一直走到灵堂，给予这位老警察一生最高的礼遇。如今这些"土匪"早已改过自新，并且都有了不错的事业。我想，大伯在那一刻肯定是无比自豪的。

至于他严苛教育的两个儿子，一个继承了他的事业，一个在交通部门发着光。而被他宠爱着长大的我，也从一名光荣的人民教师转到了政府部门工作。此时的我们，都已明白了他曾经的良苦用心。

在大伯的悉心修剪和呵护下，他的小树苗们都茁壮长大了。

父亲病了

晚饭后，和朋友正在广场散步，小妹打来电话。

她哭得上气不接下气，问我在什么地方。

我顿时慌了，忙问她怎么了。这才从她含糊的哭声里，知道是父亲病了，且病得挺严重。

中午给母亲打电话时，便听说父亲得了重感冒，但无大碍，当时还叮嘱他一定要去看医生，按时吃药。谁知几个时辰后，父亲就发高烧休克了，医生掐人中才弄醒，但不愿给父亲下药看病。小妹哭着说父亲脸色煞白，一动不动，感觉快不行了的样子。母亲说我在卫生系统工作，认识的医生多，让我想想办法。我挂了电话，立马起身回家，打算带父亲先挂个急诊。坐车回家的路上，我的心里很不是滋味，父母生平倔强惯了，从不主动诉说自己的病痛。这一次，若不是休克躺倒，母亲也还不会给我们姐妹打电话。

当我在医院门口看见父亲的时候，他正坐在车上一动不动，脸色蜡黄，毫无血色。我过去想扶着他走，可他的身体却朝一侧往下溜。我忍耐着心中的酸楚，忙请护士找来移动床，将父亲推进急诊室。

各项检查问诊后，好在是虚惊一场。原来父亲觉得自己前列腺不舒服，在网上看到一种药有治前列腺的功效，他就自己买来一直吃，然而不知怎么好几天上不出厕所。到今日中午，许是吃了有点凉的炒面，他想拉却拉不出来，想吐又吐不出来，因肠胃功能紊乱导致了高烧。我们都松了一口气，各种担心也放进了肚子。在弟弟取药的空隙，我将抬他上病床时，才发现 10 月的天气里，父亲还只穿着一条线裤。我有些自责，小时候的我们向来被父母照顾得很好，如今年迈的他们却被我们疏忽了。

输液输到一半的时候，父亲的脸色渐渐好转起来，精神也好了许多，开始跟我和弟弟说话了。他带着内疚的语气，说自己没事，可能太累了就睡过去了，没想到母亲惊动我们。听着父亲若无其事的话语，我很心酸，父母生病面对子女时总是小心翼翼，总觉得是给孩子添麻烦。

父亲的病不算严重，医生也说他不用住院治疗，只要按时服药就行了。输完液时已经快 12 点了，他执意让我们送他回家。这次我坚决不听他的，这么凉的夜，他还病着，哪里撑得住再回家呢？我和小妹在县城都有家，好说歹说，他终于同意去小妹家住了。

第二天一大早，我去小妹家看父亲，他精神依旧不是很好，断断续续还在发烧。我跟小妹商量了下，决定带父亲住院做一次全面体检，好好养养身体。一听说要住院，父亲是一万个不愿意，说他好好的，没必要住院体检。我知道他是怕花钱，于是安慰他有医保能报销，接着又是好一番劝说，他才同意住院。

住院期间，我每天给他送饭，怕他输液不方便吃，便给他喂饭。他每次都说，他一个人输液完全可以，叫我们不要因为照顾他而耽误工作。父亲的好友纷纷打来电话问候他时，他像个孩子一样炫耀着，说孩子都在他身边，说他终究是享了孩子们的福了。看着他掩饰不住高兴的样子，我知道，父亲心里对我们是自豪的，是因我们的陪伴照顾而幸福的。

想到此，突然记起前几年我陪他看病的事情。偌大的医院里，父亲总是小心翼翼地跟着我，生怕一不小心跟丢了。在我拿着检查单缴费的时候，他就站在原地，眼神一眨不眨地看着我，像个小孩子一样。这又让我想起我们小时候来，无论是看病还是外出，总是像跟屁虫一样，紧紧跟着父母。那时的我们，只要父母在，就充满了安全感，就觉得天不怕地不怕。现如今，似乎一切都反过来，父母开始依赖我们了。

我看着父亲时刻跟随着我的目光，心里涌起一阵暖意，被父母需要的感觉真好。可父亲只有病了，才表现出需要我们的样子。我由衷地希望，未来的年岁里，父母能如此一般，全身心地依赖我们，正如我们曾受他们的保护健康成长。

回到母亲怀里

雨下了一天，终于停了。黑沉的天空泛起光亮，西边的云好似被撕裂开来，叫夕阳从这裂缝里挤进来，在这一天的结尾里好好绽放一次。雨天最适合独处，想些乱七八糟的过往，故而也最容易让人生起淡淡的忧愁。

今日我的情绪全部属于母亲，一整天，脑海里不住回放起休假结束的那天，母亲站在雨里向我挥手道别的情景。她转身悄悄抬起胳膊的时候，我知道她一定又哭了。母亲常常这样，想念在心却从不说，生怕影响我们上班工作。而我如今许是年纪渐长，越来越能体会她的感情，也越发像个不愿出远门的小孩，只想常常依偎她的身边，过着从前的日子。小时候总是渴望长大，期盼尽快离家，去寻找诗和远方，憧憬着外边的世界。可现在，我一年要回去好些次，方能解了我对母亲的想念。

因此这次轮休时，我没有像大多数人那样外出旅游，而是回到了母亲身边。

因为提前通过电话，母亲早已将院子和房间打扫干净，并把我的被褥换新。我到家时已是下午，不急整理衣物，跟着母亲在房前屋后齐齐转了一遍，这才像是真真切切到了家。转悠中碰上熟人，他们都问我什么时候来的，而不是什么时候回来的。这用词叫我有些难过，这可是我自己的家啊！可大多数人总是默认，出嫁的女儿就是亲戚了，再回娘家也只是走亲戚。这种传统观念一度叫我很不喜欢，却也无奈。但这话语似乎也从侧面说明，我确实回来得少，才会导致别人有这样的误解。对此我不做争辩。这些年为了工作东奔西跑，我的确没有做好母亲的孩子，也的确没有做到常回家看看。以至于，母亲的身体出现状况，我都是最后一个才知道。

母亲从去年着凉拉肚子到现在，肠胃一直不太好，身体也日渐消瘦。等我知道时，母亲已瘦了好些。我们赶忙带着母亲做了各种检查，最终被诊断为胃溃疡，所幸不是很严重。胃病是需要忌口的，需增加营养但不可过多。母亲已不再年轻，常年操劳伤了元气，如今又不敢立即大补，身体一时半会儿很难恢复起来。那阵子左邻右舍、亲朋好友纷纷前来探望，导致母亲以为自己病得很重，一个人常常胡思乱想，情绪也很不稳定。我在家陪了她一阵，她知道了自己的病，又因我的陪伴，心情才慢慢好起来。

对我而言，和母亲相处的那段时光是最快乐的。

母亲会陪我练字，我练多久，她就在旁边一言不发地看多久。当我停下来时，她就会说赶紧歇会儿，渴不渴？吃不吃西瓜？等等。一时间，让我感觉像是回到了读书时，母亲生怕我学习累了饿了。我看书时，她就悄悄地在院子里干些零活，累了就在院里摘些瓜菜解馋。母亲在她的瓜果旁撒了花籽，夏天花儿开得正艳，我读完书就去摘一朵插在头上，或者拿在手里把玩，嗅着花香乐不知返，母亲则跟在我的后面，眉飞色舞地给我讲述她栽花种果的过程。

在母亲跟前，我永远是长不大的孩子，总被她小心地呵护着。上学时，母亲很少让我们帮她干农活，她说只要我们好好学习，将来不再干这些苦活脏活，她再累都甘愿。等长大了再回家，母亲又总说，平时上班累，就回来这么几天，让我好好地休息休息，也不要我帮忙做事。想帮她却又扭不过她，只好跟在她的后面有一句没一句地说着闲话。看着她忙碌的背影，我常觉得自己是全天下最幸福的孩子。

对我们来讲，母亲算不上优雅和温柔，却是最勤劳最能干的。繁重的家务和农活，将她的身躯压得一弯再弯，她却为了我们咬牙坚持着；长年干活让她的手变形且粗糙，她却毫不在意地照旧操劳着，为我们织毛衣、织发带，从不叫我们受一点委屈；面对我们犯下的错误，她很少讲大道理，也常常用棍棒叫我们知错，却让我们能够领会到，一个养育4个孩子的母亲的劳苦用心；成长的过程里，虽然条件艰苦，她从没有让我们穿过脏衣服，吃过冷饭菜……回想起过往的一幕幕，我的心里暖烘烘的，为有全天下最好的母亲。可如今，我们都成家立业、各奔前程，母亲却一个人承受着孤寂，即使想念我们也不曾开口要求什么。

这次回家，听说我要待些日子，母亲很是高兴。她跟我说着村子里发生的新鲜事，她的小花们如何开放，又或者是每天的午饭吃什么，我知道，她是非常想念我的。我顿时觉得这些年的追逐，为生计的打拼，这些又算什么呢？都不如母亲重要。

岁月无情，那个走路脚下生风、说话大嗓门的母亲已经老了，那个干活胜过男人的母亲，如今走起路来已是颤颤巍巍，那个对孩子管教严格的母亲已经没了往日的威严，如今说起话来有时甚至是小心翼翼。而从前热闹的小院，也不再是往日的场景，没有机器轰隆，没有谈笑喧闹，只有虫鸣啾啾和母亲一个人孤单的影子。

这一刻，我庆幸，选择回家陪伴母亲是对的。

人是漂泊的船，家是温暖的岸，有妈就有家。远离了喧嚣，远离了嘈杂，在母亲宁静的港湾里，我终于可以卸下所有的负累，也能同她多聊聊天，解解她对我的想念之苦。

这时风箱响了起来，母亲开始做饭了。在锅碗瓢盆的碰撞声中，我重温着和母亲在一起的种种快乐。等待饭熟的过程中，我扫完了庭院的前后左右，沿着村道去散步，感受村里日新月异的变化。现如今，水泥路代替了泥泞的土路，路边好几家地坑院被填平，一切都大有不同，却又像没有变化。等我到家，饭菜的香气已飘满小屋，忙碌的父亲这时也踩着点进了门。时间刚刚好，在母亲发号施令后，我们开吃。吃饭期间，父母依然时不时拌嘴，而我却食欲大好。因我知道，我又回到从前那个熟悉的家了。

吃完饭，我来收拾碗筷，偶然看向窗外，正好是夕阳落山。夕阳挣扎着在云中发完最后的光芒，一点点隐匿到远方的地平线。而我在这袅袅炊烟里，也重新藏进了母亲的怀抱。

母亲的棉窝窝

过年回娘家，看见小侄子脚上穿着一双母亲做的棉鞋，突然眼馋起来，央告母亲给我也做一双。母亲瞥了我一眼说："你们小时候最不爱穿这棉窝窝了，再说你鞋柜里那么多鞋子，怎么突然又想穿这鞋了？"我挽着母亲的胳膊笑笑，不好意思说其实是怀念旧时光了。母亲虽这么说着，却立马起身给我找鞋样子，准备做鞋的工具去了。我坐在旁边看着，一时间就像回到了小时候。

母亲的手很巧，是做鞋的行家。左邻右舍的人，时不时会来找母亲剪鞋样。她的针线活很是细致，线距均匀，手法精细，总能做出极贴脚的鞋来。

每每秋冬稍微闲下来，母亲便开始抽空赶制次年全家人的新鞋。她先翻找出全家人穿过的旧衣服，一件件拆成条块状，剪裁浆洗过后当鞋的铺衬，然后涮一碗糨糊，把铺衬打成袼褙，等袼褙晾晒干后，备作鞋底用。一个秋末，母亲便能攒出好些鞋底。及至年关，她就真正投入做鞋的繁忙中来了。无数个夜晚，我们趴在热乎乎的炕上，看着母亲在昏暗的灯光下，带着顶针飞针走线，纳鞋底的大针偶尔划过发梢，从她一连串有节奏的拉拽、缠绕、打紧、起针、落针的动作里，我们逐渐睡去，等再睁眼时，天已大亮，炕头上已摆了好几双她做好的新鞋。而母亲，已经围着锅台在准备早饭了。我那时常常怀疑，她夜里到底睡下过没有。约莫半个月时间，母亲就把全家人过年的新鞋、夏日里的单布鞋预备齐了。

尽管母亲做的棉鞋和单鞋都很合脚，但那时的我却极不爱穿。到夏天，上学路上满是厚厚的黄土，我的鞋子里面便也装满了土，天热一出汗，这时就总觉得脚在鞋子里面和泥。而到下雨天，鞋子里边又全是泥和水，一脚一个湿淋淋的印子。而冬天也有难熬的时候，雪将化未化时，棉鞋里边的棉花吸上雪水后，越发的冰凉刺骨。每年冬天我的脚都会被冻伤，即使抹上冻伤膏也会发疼发痒，难受极了。后来读初中，对棉鞋布鞋的不满变成了自卑，班里好些同学都在穿买的鞋子，样式好看又舒适，完全不会出现穿布鞋那样的问题。我很是羡慕。可家里条件不好，也只有忍耐。只有在学校组织活动要求买白胶鞋时，母亲才会花钱给我们买鞋，但她总会买大一些，好让我们多穿两年。因为家有我们姐弟 4 个，买鞋也是一笔很大的开支。

虽然心里讨厌布鞋和棉鞋，但我们也并没有因此而闹着买鞋穿。贫苦人家的孩子，都很体谅大人们的艰辛和不易。尤其是我们家，父亲是村干部，经常忙得不见人影，地里家里的活以及照顾我们姐弟 4 个，都只有母亲 1 人在操劳。母亲身材高挑，皮肤也白皙，却因常推磨子导致脚撇得厉害，因日日忙碌而使得面容粗糙。虽然日子艰难，但她总会想方设法让我们姐弟穿得干净整齐。就说鞋子，虽然她买不起商店的鞋子，但是每年都会做两双新布鞋给我们穿，并不叫我们因家贫而凑合。

参加工作后，我挣了工资，迫不及待地给自己买了鞋，再也不用担心会有土和泥钻进鞋子里，也不用烦恼冬天脚被冻伤。可随着日子越来越好，我反而又怀念起母亲做的布鞋棉鞋了。结婚时，我特意让母亲为我做了两双陪嫁的布鞋。有一次去高台县学习的时候，我穿着布鞋走了一路，再也不会因此而自卑了，反而自豪地向人展示着母亲手工制作的鞋子。后来母亲年纪大了，我也有了孩子，便把做鞋这茬放到脑后了。如今母亲又操起做鞋手艺，约莫是哄小孩子们欢心，我就也又动了心思。

在我怀念过去的工夫里，母亲已经飞针走线起来。又不出两日，她就做好了我要的鞋。我捧着鞋细细瞧着，尖尖的鞋头，胖乎乎红碎花芯绒的鞋面，白底红条纹的鞋里，很是漂亮。可鞋子上密密麻麻的针脚，却不似从前那般整齐了，鞋子也比我的脚大出了一些。母亲很是自责，嘴里喃喃道，上了年纪就是不中用了。听了这话，我心里很是难过。我能想象上了年纪的母亲带着老花镜，用她那颤颤巍巍不再灵便的双手，给我费力做鞋的场景，和年轻时候的她重叠起来，无端增加了许多年岁里的忧伤。

母亲老了。

小时候母亲总把棉鞋称作棉窝窝，她说棉窝窝是脚在冬天的家，穿上棉窝窝将来一定会有出息，一定会走得更远。如今她的话都应验了，我也真正爱上她的棉窝窝了，可她却老了。

母亲的香椿树

看到香椿，就总能想起母亲。

前几日去一家小诊所看病，突然被一种久违的味道所吸引，伸长脖子往后一看——原来是诊所大夫的夫人正在切香椿。我咽了咽口水，突然间就有了胃口。

掏出手机，给母亲拨了个电话，问她的香椿树长得怎么样了。得到肯定回答后，我心满意足地憧憬起几日后吃香椿的场景。一时间，身上的病都像是好了大半。距离挂水结束还有约莫1个钟头的时间，我不禁回想起母亲和香椿的种种。

在我很小的时候，母亲还没有种香椿树，我们要想吃香椿时，都是她去附近的野香椿树上采了来。

那时香椿顶多是作为饱腹食物，所以没有如今这么珍贵。它的味道稍有些古怪，同其他野菜一样，爱吃的人赞不绝口，不爱吃的人看见就皱眉。也因此，不会有人刻意栽种它，它们就随意地生长在崖边、沟壑里或是塬畔边。恰好我老家院子附近的一个大土壤里，长有一棵香椿树。自我记事起，只要香椿叶子能吃的时候，母亲总会采些回来。她的做法简单却也美味，先把香椿叶洗干净、切碎，再用滚烫的开水烫一下，去除其臭味，然后切些蒜末混合着干辣椒面放进热油里煸一下，最后把裹着热油的调料倒进碎香椿叶上，再泼上适量的醋拌匀，一盘可口家常的凉拌香椿叶就做好了。

随着日子好转，母亲的香椿菜谱也丰富起来，有香椿拌豆腐、香椿炒鸡蛋等。我同母亲一样，最爱这香椿叶，碰上这菜，我连米饭都要吃得比平时多些。然而吃香椿的时日短，每每春天一过，香椿的叶子就疯长起来，叶子太老了也就吃不成了，所以一年之中能吃到香椿的日子也就那么几天。

及至我外出求学，接着又是外嫁他乡，渐渐地，能吃到母亲做的香椿菜的机会也少了。然而只要到了吃香椿的季节，母亲总会想法给我捎几大把香椿来。到后来，我家大土壤里的那棵香椿树长得太高了，已经无法去摘叶子，母亲又满村转悠找香椿树。邻居家塌陷的旧庄子的崖边上有一棵香椿树，母亲知道了，不顾危险跑去采摘，谁知她刚掰下树枝，崖边的土就松了，母亲和那棵树都掉到了崖下。我知道这件事后，坚决叫她不要再去找香椿叶了。

谁知母亲竟然特意栽种了几棵香椿树，就为了我年年能吃上几顿香椿菜。还记得我们从窑洞搬到敞亮的新瓦房时，母亲像有使不完的劲一样，房前屋后栽树，包括核桃树、苹果树、杏树、桃树、山楂树、栗子树、梨树等等。她说等我们有出息了，带着孩子回来时，就能吃上自家种的新鲜果子了。现如今她已经上了年纪，却又因为我爱吃香椿而栽上了香椿树，极尽所能地满足孩子的愿望。

想起我第一年去看她的香椿树，风轻轻吹着，香椿叶散发着独特的气味。我吸了吸鼻子，偷偷擦去眼里的泪水。蒙眬的泪眼里，我看着这个头发花白的小老太太，真不知她哪里来的力气忙前忙后侍弄这些树。我心里知道，母亲即使再年迈再衰老，在我们面前也有使不完的力气。

这就是她在漫长的年岁里，很少宣之于口的爱。

她就像这香椿树，自己随意生长，长在风里雨里，长在无人关注的野地里，却又仔细呵护着自己的孩子。无论儿女走得多远，也无论自己多老，只要孩子回头看，就会看到她始终站在那里，为我们不断地抽出新芽。

冬至的雪

春花夏雨，秋叶冬雪，这是四季里我最爱的景色。然而去年一冬无雪，不免叫人遗憾。尤其冬至时节，不落雪便少了层意思。好在今春连补上了两场雪，这才叫人心里熨帖些。冬天最美好的景象便是，路畔树上挂满厚厚的雪，由树下走过，调皮的雪悄悄落在人的身上，深吸一口气，不快乐的事便都随之消融了。而冬至的雪则是充满暖意的，因有着家人团坐吃饺子的温馨美好。

想起多年前的一个冬至，我原本不打算回娘家的。然而那天一直未落雪，我有些奇怪，往常冬至日是多少要落些雪的。有一瞬间，我心里涌出异样的感觉，说不清是怎么了。只是在那之后，我略微收拾了些东西，便坐上车回村子去了。冬至，我还是想同父母一起吃顿饺子。到家时，天已擦黑，我这才想起忘记打电话告知母亲了，想了想，还是决定不说了，打算给他们一个惊喜。然而走至院子跟前，看着一室灯火通明，我嗵嗵跳了一下午的心脏归位了，我的五脏肺腑瞬间得以治愈。家人可亲，灯火闲坐，便是此刻我最期待的场景了。

就在我推门要进时，感觉脸上有什么东西冰凉。回身一看，我又惊又喜，灯光下飞舞起一片片雪花。在这个冬至的末尾，在我刚到家的这一刻，天竟然下起了雪。雪花们不急不躁，轻轻缓缓地从天上降落，降落到每个人家的小院里，也降落到了我的心里。

"老妈，我回来了。"我用指尖碾碎一片雪，推开门，声音有些发抖似的对母亲说道。

屋子里，母亲和父亲正坐在旧餐桌旁吃饺子。而那盘饺子，看起来比他2人的食量要多出不少。母亲见了我，像我见了雪花那般又惊又喜，立马起身上前握着我的手。她一边说着折腾着跑回来做什么的话，一边心疼地捂着我冰凉的手。而父亲，早已默默起身去重新热饺子去了。不多时，我看着桌子上满满当当的饺子和菜，哽咽着几乎说不出话来。原来一天里的不安，约莫都源自父母浓郁的思念。他们一边期盼着孩子能回家，一边又不敢轻易去打扰，所以多做了些饺子和菜，提前预备上。或许是老天爷不忍心他们的思念和等待落空，便指引着我回了这一趟家。

那顿冬至饺子饭，是我许多年里吃得最温暖的一顿。我们同大多数人家一样，轻声说笑着，彼此谈论着各自不相交的生活，又互相叮嘱着注意身体。我到那时才发现，幸福是顶简单的事情。

后来很晚了，我和母亲站在门口看雪。雪不多时就停下了，地上连一层雪都未覆盖。我透过夜色，望着极远处，似乎看见了那深山外一场又一场的雪落下，指引着孩子们归家的路。

我想，人们对雪的热爱便在于此，亲情、温暖、惊喜、快乐和幸福，便是雪附加的美好。

送药

　　去市上开完会后，不巧感染了新冠肺炎。接连几天里，发高烧、"刀片嗓""无麻醉开颅"、浑身疼痛、咳嗽等症状折腾得我够呛。第三天略恢复些，我才打开手机回复各种未读消息。翻到两天前，看到一条消息是："姐，这是我家纯粮食喂养的土鸡，您帮我在朋友圈宣传宣传吧。"

　　这是我驻村时的重点帮扶对象，贫困户小宋。我怕他误会我是故意不回他消息，便赶忙回复了他，顺带解释了前后原因，发完又睡了过去。

　　不一会儿，我被一阵门铃声惊醒。我拖着疲累的身子走到门前，通过视频看到竟然是小宋，他拎了一袋子东西站在门口。我有些诧异，告诉他病毒有传染性不便开门。他隔门说，有些担心我，买了些药和吃的东西来看我。一时间，我感动得说不出话。经我再三拒绝后他仍不走，我只好开门叫他进来了。他一边放下东西，一边叮嘱我，布洛芬和感冒灵是怕我药不够所以买的，橘子、香蕉和火龙果是降火气的，买不到黄桃罐头便买的梨罐头，一些蔬菜是叫我简单炒个菜，还有热气腾腾的早饭让我趁热吃。他利索放下所有东西后，就转身走了。

他走之后，我看着桌子上满满当当的东西，顿时眼窝一热。

我驻村时，他算是我的重点扶贫对象。他母亲一只眼睛做了手术看不见，父亲在县城打零工，家里还有一个80多岁的老奶奶，而他本人在银川当厨子只能养活自己。我看他家里实在困难，便鼓励他回乡发展产业。他起初有些犹豫，害怕回乡更挣不上钱。在我的政策讲解下，他最终还是回来了，不仅种成了5亩地，还获得了我帮忙申报的产业奖补资金，年底收成不错。到第二年，他除了种地，还靠这些资本摆小摊卖炒米粉。小宋人勤快、踏实，有生意头脑，炒米粉的味道也很不错。两年下来积攒了一笔钱，他在县以按揭贷款的形式买了一套小面积房子，跟我住的小区仅一条马路之隔。接下来他就在县城摆小摊卖米粉，母亲在家里养土鸡，全家的日子越过越好。后来我驻村结束回单位了，但也关注着村里人的近况，平时也会给他介绍介绍生意，帮他解决家里的困难。长期下来，我们两家关系挺好，也一直保持着联系。

没想到这次我病了，他竟能如此上心，立即来给我送药送吃的。大受感动的同时，我觉得自己驻村3年的付出没有白费。与此同时，我也明白了，能在你急难之时伸手帮忙，或者主动靠过来的，除了家人便是那些你曾经施予过善心的人。若我和小宋之间没有这一层关系，他也一定不会来探望我。

然而人生千百迢迢路，所遇之人颇多，我们并非是为了得到谁的回报而去付出的。付出就是付出，是为了自己的初心，是为了党和人民的期望。

领羊

　　临时搭起来的帐篷中，几个手脚麻利的女人正在给厨子打下手，有的洗菜，有的切肉，有的摆放着碗碟，间或谈笑一阵。执事总管指挥着几个男职客，正在搭建吃席的席棚。席棚的不远处，吹手们正鼓着腮帮子调试唢呐，有一声没一声地吱哩哇啦，即使吹出了一段哀乐也让人感觉不到一丝丝的悲伤。孝子们不是在院里走来走去，就是在扎堆聊天，聊得起劲时也会哈哈大笑。设置灵堂的房间除了灵桌便再无其他，灵桌前边是装满麦草的几个蛇皮袋子，供孝子守灵时跪的。此时灵前跪着的，只有逝者的两个儿子。3月的阳光已经和暖起来，但一阵阵的山风还是夹杂着些许凉意，吹得孝子们打着哆嗦。

　　这是四叔葬礼前一日白天的场景，气氛并不过分哀伤。孝子们从四面八方回来送他最后一程，也借此机会彼此聊起过往。

农村的白事要过 3 天，从第一天傍晚请坟，到第二天的宴请宾客，再到第三天亡人下葬才算结束。

傍晚来临，男孝子们去坟上请主，女人们则跪在路边等待请主归来。在排成一行的孝子队伍前边，吹手们卖力地吹起哀乐，此时男女孝子们的哭声响彻夜空。老外家到了，所有孝子跪在灵前，等待一个庄严神圣的时刻——领羊。这个环节一般由执事总管安排，让身强力壮的职客将事先准备好的羊牵进灵堂，在孝子堆里转一圈，然后给羊头淋上水。如果羊在淋水后抖动身子和头，就代表领羊成功，接着这只羊就会被牵出宰杀，而后炖成一大锅肉，供第二天宾客食用。如果淋水之后羊没有反应，则要继续给羊头或羊身上浇水，直到羊身抖动一下才算完事。按老人的说法，如果淋水后羊快速抖动，说明亡人的孩子很孝顺，将来日子都过得很好，亡人走得也没有遗憾。但如果在羊身上浇很多水，羊也没有反应，则说明亡人生前儿女不孝顺，还有放心不下的人和事，有遗憾不愿离世。

此刻四叔的灵堂里，羊被牵进来之后，惊恐地环视四周之后就不敢再动了。它的头上、身上和耳朵里被一遍又一遍地浇灌凉水后，它也丝毫没有反应。

这时跪在最后的堂姐边哭边说："四大，你放心去吧，我知道您担心社平，他已经是大人了，会慢慢把日子过好的。"

可这只羊依旧无动于衷地站着，纹丝不动。职客只好将凉水换成滚烫的热水，继续往羊的头上、身上浇灌。可这只倔强的羊还是一动不动，我的身体却一阵哆嗦，这可是滚沸的热水啊，这羊到底是怎么了？或者是四叔还有什么未完的心愿？两个堂哥早已泣不成声，边哭边说着一些让四叔放心走的话。在一阵阵哭声中和孝子们的表诉中，羊像是才清醒过来，突然抖动了一下。所有人终于松了一口气，迅速把羊拉出去宰杀了。

回去的路上，父亲告诉我说，那只羊就跟你四大的人一样倔，脾气坏，性子直，跟村里人都不合群，你那几个哥哥日子过得又不好，所以才走得万分不甘心。

这是我第二次目睹领羊，第一次是在大伯去世的那一晚。被牵进灵堂里的羊将孝子们瞅了一遍，头上浇水后也是原地不动，像在寻找什么四处张望。这时父亲一把鼻涕一把泪地哭着道："哥，你放心走吧，不用操心我嫂子，两个娃娃都是孝顺的好娃娃，我嫂子有两个娃娃照顾，受不了罪的。"父亲说完，大哥二哥也哭着说会照顾好母亲之类的话，那只羊才抖动了几下头和身子，被拉出去了。

这两次领羊，在我看来都不算是顺利的。直到第三次外婆去世，那只羊被拉进灵堂后，稍微浇了一点水就抖动起来，顺利地完成领羊。按母亲的话来讲，外婆活了 95 岁，子女孝顺，儿孙满堂，后半生里全享福了，对人世没有什么留恋，所以领羊才会如此顺利。

前两次目睹领羊时，心中只有悲伤难过，没有考虑领羊那一刻羊是否真的会通灵，只觉得人们把亡者的灵魂寄托在一只羊身上，这做法似乎有点可笑。

可第三次领羊后，我似乎对老人的说法有点信了。

我无法认同领羊的科学性，但也同样没法解释这奇妙的巧合。尤其涉及生老病死，似乎总有很多解释不通的现象。我总觉得在通往另外一个世界的途中，一定有许多赖着不走的肉身，可能因为还有什么东西没有带，还有什么事情没有办好，譬如，老人做的要离世的梦，家人出事前的突然感知，事后看来，像是一切都有征兆。但理智又告诉我们，一切不过是巧合罢了。

时至今日，我已不再纠结，生死有命，人各有时。不管是领羊，还是各种祈福拜愿，都只不过是人们对生命最质朴的崇敬，祈愿他们的家人万事平安。

　　至于这做法可信不可信的，已经不那么重要了，重要的是过好这一生，尽量不留下遗憾。

又是端午

　　每个节日都有仪式感，端午节也不例外。在我的认知里，端午是个顶热闹丰盛的节日。尚未到日子时，家家户户就开始预备过节的东西了。除了母亲趁闲时赶制的香包、花花绳，以及父亲采下的艾草、香草，吃食同样是少不了的，也是最叫我期待的。五碗，便是我们这里的特色端午食物。

　　黄糯粽子、黄米焖饭、金黄的炸油糕、糖角角，再加上黄焖鸡，这是过去每家最顶配的5碗。这5碗的"五"不是绝对的，家里人口多的会凑够10碗。而5碗的具体食物，也根据各家的生活条件而有所不同，也有人家把面筋或者凉皮算在内的，只要能凑出这一桌菜就行。这是因为从前的人们生活都比较贫苦，日常的时候，一顿饭顶多炒一道菜，而趁节日吃上5碗便很满足了。对于端午这天餐桌上要摆5碗或者10碗，我也没有找到什么依据，或许是因为这天是五月初五，所以要摆上 5 碗或者 10 碗吧。但不管这习俗是如何传下来的，都有着美满幸福，阖家团圆的寓意。

没有人去追究这些讲究是怎么来的，但是世代的人们都在虔诚地做着这同一件事，已经成了节日最有特色的一种传统。

过节，过的就是一家人聚在一起热闹热闹。

今年的端午节，我在头一天擦黑而归。一进院，感受着母亲生机盎然的花园菜园，看着瓜果们郁郁葱葱的生长，灿黄的杏子挂满了枝头，我的情绪瞬间高昂起来。正是晚饭时分，近百岁的外婆笑呵呵地坐在桌旁，父母做好了饭菜，姐妹们也都陆续回来了，家里一时充满了久违的欢闹。平日里，家中只有外婆父母 3 人，一家人通常在节日的时候才能聚齐。吃过晚饭，我陪着老人们说笑。明日过节的东西他们已经准备好了，只等着孩子们回来享用。

因我明天中午有事而不能在家吃午饭，家里便把今年的端午饭改在了早上。这些年生活越来越好，5 碗早已不止 5 碗了，而是 15 碗。第二天，母亲一大早就起来忙活了，把提前准备好的蒸菜上锅，鱼、肘子、虾等肉类逐个炖煮，再弄些凉菜，诸如酱牛肉片、凉拌鸡爪等，最后再炒些绿油油的时蔬，两三个小时后，15 碗端午菜就做齐了。我虽不像小时候那般眼馋了，但也依旧因为这一桌子菜而高兴，全都是我爱吃的。

吃饭时，手里不时被母亲塞个糖角角，或者用自家地里种的葫芦蒸的包子，碟子里时不时多出外婆夹来的牛肉、肘子、糯米饭，一顿饭吃得我肚子都鼓了起来。外婆见了我们高兴，胃口也不错，各样菜基本都尝了些，还喝了一大碗稀饭。看外婆高兴不下桌，我也陪着又吃了些。谁知不多时，我竟胃胀得难受，蹲在地上直揉肚子。老人们一时担起心来，怕我吃坏了肚子，要张罗着送我去医院。好在喝了半杯热水后，我又好转过来，这才作罢。

在院里躺椅上休息时，突然有些感慨，从前 5 碗是不够吃，现如今的 15 碗又把人撑坏肚子，这约莫就是人们常说"难两全"吧。小时候因家贫想快些长大，长大后日子好了又拼命怀念小时候。正胡思乱想着，外婆又塞给我一包她喜欢吃的零食，看着乐呵健康的她，我又觉得什么都不重要了。吃 5 碗还是 15 碗都没什么的，要紧的是同家人们在一起。

离开时，车已经开出很远，但依然从后视镜上看到母亲佝偻的身躯，父亲两鬓白发，不禁眼眶热了起来，飘起了一层薄雾，雾里有父亲缭绕的眼圈，有母亲蹒跚忙碌的身影，也有自己的力不从心。

前行，和着滚烫的泪滴，又是一个端午。

夏日西瓜回忆

　　又到了最热的夏天，窗外叶子打着卷儿，小鸟有气无力地叫着。楼下不时传来西瓜的叫卖声，打破了整个小区昏昏欲睡的寂静。

　　我寻着声音找过去询问价钱，才发现卖瓜大叔是推着架子车在卖西瓜，不禁觉得他辛苦，现在小贩们一般都是骑着三轮大车转着小区叫卖。买完瓜闲聊了两句，才知道大叔是附近村里的村民，他不是种瓜大户，只是因姑娘爱吃种了一小块，后来瓜结得多家里吃不完，这才想着把多出来的拉到县城卖。大叔本就不为赚钱，所以瓜的价格比旁人便宜很多。我提着两个西瓜上楼后，找了个大袋子又从他这里买了三四个。后来看着一地西瓜，欢喜之余突然想起了小时候，那时吃西瓜可不如现在容易。

　　西瓜是我的最爱。但那时想在大夏天美美地吃个西瓜实在是太难了。母亲总要等到最燥热的 7 月半，才会下定决心从瓜农那里买来两个西瓜。西瓜是我们一家 6 口分着来吃的，父亲总会将西瓜均匀地切成小块，他和母亲每人一小牙，然后将剩下的平均分给我们姐弟 4 个。我最馋这西瓜，很快就将分到的那几牙西瓜吸溜下肚了，然后眼巴巴地看着弟妹们细嚼慢咽。每逢吃西瓜，我都会把西瓜籽小心翼翼地吐出来，然后洗干净晾晒，留作没西瓜的时候解馋。

那个时候西瓜是可以用麦子换的，两斤麦 1 个西瓜。平时母亲从不让我们干农活，害怕影响我们学习，但收麦时节学校会放农忙假，这时母亲便让我们略帮些忙，她分配给我们的唯一农活就是拾麦子。收割过的麦子地里通常会有遗留的麦穗，她便叫我们去地里把这些麦穗拾干净。拾麦子前，母亲会承诺我们攒够斤两去换西瓜。有了这个诱惑，我拾麦穗是最卖力气的，一眼不眨地搜寻着大片的麦茬地，生怕因自己捡的麦子少，不够多换几个西瓜。

奔跑在麦茬地里的孩子不只是我们姐弟，还有和我们同龄的孩子们。每个孩子拾麦都是有目的的，不同于我要换西瓜，大家拿麦换了钱，有的要去买文具书本，有的要去买好看的发卡，还有爱玩的则要去买些玩具皮球。一群孩子把汗水洒在宽阔的麦茬地里，一起欢笑，一起歌唱，也会互相为抢夺一个麦穗争闹。

捡拾回来的麦子还要用棒槌捶出麦粒，而且全部筛选干净才能拿去换西瓜吃。一切准备妥当，我成日盼着卖西瓜的人，听力也仿佛变得灵敏了，不过，有时候接连好几天都等不来卖瓜人。当西瓜的叫卖声终于远远传来的时候，我比树上的鸟儿都欢快，等那吆喝声一走近，就赶紧拽着母亲去换西瓜。其实我们捡的麦子根本换不了几个西瓜，这是母亲的一片苦心，叫我们既能体会劳动的艰辛，也能更加爱惜粮食。每每换西瓜时，母亲还会添好多麦子，给我们多换几个西瓜解馋。

　　如今再想来，那时的西瓜是我一整个夏天的期待，也满足了我对水果的所有想象。而此时，我捧着半个西瓜用勺子挖着吃，却再也吃不出从前的凉滋滋甜蜜蜜了。我知道，这并不怨西瓜，只是因为今天南海北的水果应有尽有，西瓜得来也不费功夫，它少的那份香甜不过是小时候的回忆，是拾麦子的纯粹快乐和美好，更是母亲融在西瓜里的浓郁的爱。

给赵奶奶翻地

刚驻村时，几乎没有人相信我能在农村坚持下去，尤其是高龄老人赵奶奶。

农村不仅有着同城里一样的家长里短，琐事纠纷，也有着城里人难以想象的艰苦；而村民眼里的我，是一个身材娇小、细皮嫩肉的女人，是看着就吃不得苦的城里人。可他们不知道的是，我也来自农村，如今的反哺农村是我求之不得的。为了打消大家的误会，我决定重新做回农村人，以便获取大家的信任和对我工作的支持。

农村不便开车，我就学会了开三轮车；村民们活计多，我便学会了干农活，学会了怎样把农具用得顺手；农民们吃饭不讲究，我也学会了挽起裤腿坐在地上，学会了蹲在墙角狼吞虎咽地刨饭。每天做好日常工作，跟大家一起劳动是我最快乐、最放松的时候。当抡起镢头刨进土里的那一刻，我也终于融入了农村。大家不再对我抱有偏见和怀疑，开始同我交心，也逐渐向我诉说困难事。

村部后边的赵奶奶，她的孙子孙媳在市里打工，儿媳在县城里领两个孙子上学，儿子白天在县城打零工，只有晚上能回来陪陪她。这样的情形，对她来说是稍显孤独的。长此以往，她的性情就有些古怪，尤其对我的到来爱答不理。可再后来，我从一周去一次到隔天去一次，在对她方方面面的关心里，终于赢得了她的信任。

真正和我熟起来后，她对我便有说不完的话。她总是大老远见了我，就咧开剩不下几颗牙的嘴，笑着打招呼，叫我去坐坐。后来只要我出现，她身边绝对会有一个空着的小板凳，而我也一定会坐下陪她说说话。赵奶奶快80岁了，腰已弯得像只煮熟的大虾，但耳不聋眼不花，也总闲不住地忙这忙那。她家门前有半亩菜地，被她种满了茄子、豆角、大蒜、辣椒、西红柿等，应有尽有。她常常在我起身要走时，硬塞给我一把豆角或者几个辣椒之类的，我拒绝不得，也收下过两次。等下次来，我再给她送上不费牙的软糕点。

农历十月天，我吃过午饭闲转，远远看见赵奶奶掂了个铁锹在翻地。我看着她颤颤巍巍的样子，忙抢过她手里的铁锹帮她翻地，她怎么也不肯让我翻，说我是公家人，干也是给公家干，怎么能给她自己家干活。我解释不通，只好说是为了活动筋骨，锻炼身体，她才将铁锹交给了我。第二天我再去，却看见赵奶奶正在拽她儿子手里的铁锹。原来她儿子因为下午没活，准备把这地翻完，赵奶奶却阻止他说要留给我，而我翻那块地是要锻炼身体。此时我和他儿子相识一笑，便接过了铁锹。他儿子不好意思地对我笑了笑说："我还怕你们公家人太忙顾不上，你如果真的要翻，就慢慢翻吧。"说着进屋给我端茶去了。

此后几天，赵奶奶总是提前将铁锹拿出来，坐在门口等着我，一看见我就喜笑颜开。每每这时，她也不急着让我干活，叫我坐会儿再去。等我真正开始翻地，她又时不时地端茶切水果，不住地叫我歇会儿再干。我也如她的意，慢慢翻着地，直到快进入初冬时才全部完成。

我哪里不知道，无论是给我新鲜蔬菜，还是慢悠悠地看我翻地，赵奶奶都是希望能有个人陪她久一点啊。

如今的她不只是信任我，而且已经把我看作她常回家的孩子。

后记

人生须听风

"欲买桂花同载酒，终不似，少年游。"

行文至此，落笔为终。前后约莫几个月的时间，终于修改完成并决定出版这本散文集。搁笔的那刻，我抬头看着窗外，微风拂面，它带着一丝感慨的情绪，庆贺我为自己的人生写完了上半部的故事。风吹动枝丫，像看到花叶由冬的委顿到而今的盛放，也似乎看见了零碎的记忆从干瘪到鲜活。时钟回转，回望起笔的时日，也是风陪伴左右，有秋风教我写遗憾，也有冬风带我写温暖。至此，无论花的饱满，还是落笔的精彩，又或是人生的荆途，都须听风声，才有不寻常的意趣。

人生就像一炉雪，得有风月吹，这炉雪才更见风骨。这是裴玲玉老师的见解，叫人受益匪浅。我爱雪，爱月，也爱风，这三者结合，恰好成就人生的绝色。雪是有形状的，最容易受外界变化，故而拿它暗喻人生最好。风是有情绪的，它看人脸色，也常跟人反着来。你万事晴明，它或许给你的花路添些荆棘；你事事受挫，它没准又替你吹散眼前的云和雾。风更像是生活的调味剂，可盐可甜，或悲或喜，一定叫你的人生有滋味起来。所以啊，我的这炉雪，最不怕风吹，也最欢迎风来，才有数不完的回忆和收获。

石以砥焉，化钝为利；雪以风吹，更见真章。

至于我不算顺遂的登山路，我向来不惧，抬头不断往前走便是。而这中间的曲折，有风吹散严寒，也有恼人的风捣乱，很像是一场你来我往的游戏。

我恰好生在夏天，太阳从朝霞中发出金光，我哭喊着来到人间。自幼体弱多病，苦坏了母亲。时不时地求医问药，听来总不吉利，这也给我的人生增了不少不顺遂的色彩。好在少年时代常常有春风带来阵阵暖意，教我更敏锐地察视万物。我爱上了写作，习惯用笔用文字去写冬夏的变化，去写花开花败的情绪。我也爱上了书法，喜欢用墨色去描绘我眼中的一切，去写千年变迁里带给我的感悟。谁家少年正驰野，沉浸在笔尖上的坚持实在不容易。好在母亲的坚韧像煦风缕缕，感染着我在文字的路上越走越远。年少时的母亲不曾读书识字，可她偏偏靠着要强的心，在父亲的教导下学会了识字，学会了从书本里汲取知识，也学会了用一点一滴的所得来教育我，教导我走向更好的未来。正是因为母亲如风般的陪伴，我一路坚持着热爱，直到如今能有所回馈。我用无所畏惧、躬身前行的品性回报她，用笔下生花的文字回馈她，再把她的坚韧和爱的教育传递给下一代。我想，我的这炉雪算是风的得意之作了吧。

人生百般，悲欢为筹。人生事，不顺者总有二三。处在当下时，我们总怨恨风的叨扰，抱怨世事的不公，甚至去怨命运的无情。可走过一道坎，迈过一座山，再回头望时，方觉不过如此，不过是登山路上小得不能再小的一个插曲。站在山脚下，听风凛冽，总会慌张和畏惧；等爬上了半山腰，听风飘摇，仍会焦虑和迷茫；可登上了山巅，听风呼啸，心里油然而生说不出的畅快。到此刻，恐怕要感谢这一路的大小磨难了。没有雨的洗刷，天边的彩虹也就未必惊艳了。再顺着风声回想过往，突然发现，每一段似乎翻不过去的坡，又总有人相助，有人在鼓劲。于我而言，最知足的是有家人无条件的支持和鼓舞，好像我做什么在他们眼里都是正确的。这世间最最温暖的风，一定是他们了，纵使春天不来，家人也会为我盛放一山的春色。正是凭借如此，我才凡事不怨天不尤人。除此，有挚友及身边的二三好友一路同行，也是叫我最开怀的事。行雁展翅南飞，最重要的便是同频共振。心心相映，彼此照拂，同进退同山海，这是挚友带给我的欢喜。云空中的风时大时小，风大了，挚友便带我奋力扇动羽翅；风小了，我们便观赏云下的风景。一路上也并不是事事如意，可得挚友共奔前程，便多了太多的冲劲和力量。

人生百里路，亭亭风和雨。没有风的人生是不完整的，世间人大多要迎着风成长。我在不停落笔的窗后，审视了自己，也常常观望人间，去体悟百般故事和情绪。

秋冬春夏，花草树木，山河林野，云散又来，是我最能直接触碰人间的事物。从这些不可控的细微里，我听风摧毁一树的花，也听风葳蕤一座荒山。而无论风来或去，万物都默然接受，春来了便生长，冬来了便休整。它们在日复一日的沧海桑田里，温和又极具生命力地繁衍，沉默着走向永恒。

人生五味，炊烟袅袅，烟火人间，灯红落市。这些又是以我为出发点，最能品尝到的食物的不同哲学。无论是菲食薄衣，又或是八珍玉食，我始终坚信"惜食有食"的道理。从味蕾的最深处尝这世间百味，用心去听稻谷在秋风里逐渐飘香，听麦浪在炎炎夏日里翻滚，最终，听它们千辛万苦进入人的肚腹，方算走完一生。我想，一晚枣面，一碟香椿，或是一只糯烂的香酥鸡，在风吹着香气飘进无数人家的历程里，认真记录它们和谁的故事，就不枉对它们的享用了。

人生朝露，人事千万。人常说，看他人容易，过好自己的人生却难。这话也没错，一生中擦肩而过的千百人里，有时只需一个眼神，便知那人的大概经历。有的人经的风霜大，像我写的爱读书却命运多舛的钉鞋匠，也像努力创业却妻离子散但仍坚持卖麻辣烫的人，他们的人生坎坷艰难，但也算有味；有的人一路山风温暖，但谁又知道再往前是狂风还是旭日呢，我们能做的只是感恩过去并用心活好当下罢了。我写不同命运的人，并非艳羡也非挖苦，只是想听听风吹在不同的人身上的声音，学学他们的处世哲学。

至此，我以风写雪的故事暂告一段落，感恩所有经历，感恩所有遇见。向未来张望时，或许孤独又漫长，但人生路尚远，我唯有步履不停，继续带着一腔诚挚上路，去听更多的风落人间。

风有起止，人有聚散。我有一炉雪，听风百般过。若得风助，我这雪风骨不寻常，人生便足矣。